SONETOS

Florbela Espanca

SONETOS

Com textos críticos de José Régio
e Leonardo Gandolfi

1ª EDIÇÃO

Rio de Janeiro, 2025

Capa: Violaine Cadinot
Imagem de capa: Florbela Espanca, 1910. Fotografia de "Photo Calypolense" de J.M. Espanca. **BNP Esp. N10/39.**

CIP-BRASIL. CATALOGAÇÃO NA PUBLICAÇÃO
SINDICATO NACIONAL DOS EDITORES DE LIVROS, RJ

E73s

    Espanca, Florbela 1894-1930

      Sonetos / Florbela Espanca. - 1. ed. - Rio de Janeiro : José Olympio, 2025.

      ISBN 978-65-5847-185-1
      1. Poesia portuguesa. 2. Sonetos. I. Título.

24-94631   CDD: P869.1
                                       CDU: 82-1(469)

Gabriela Faray Ferreira Lopes — Bibliotecária — CRB-7/6643

Texto revisado segundo o Acordo Ortográfico da Língua Portuguesa de 1990.

Todos os direitos reservados. Proibida a reprodução, o armazenamento ou a transmissão de partes deste livro, através de quaisquer meios, sem prévia autorização por escrito.

Reservam-se os direitos desta edição à
EDITORA JOSÉ OLYMPIO LTDA.
Rua Argentina, 171 – 3º andar – São Cristóvão
20921–380 – Rio de Janeiro, RJ
Tel.: (21) 2585–2000.

Seja um leitor preferencial Record.
Cadastre-se no site www.record.com.br
e receba informações sobre
nossos lançamentos e nossas promoções.

Atendimento e venda direta ao leitor:
sac@record.com.br

Impresso no Brasil
2025

SUMÁRIO

LIVRO DE MÁGOAS (1919)   7

Este livro... / Vaidade / Eu / Castelã da Tristeza / Tortura / Lágrimas ocultas / Torre de névoa / A minha Dor / Dizeres íntimos / As minhas Ilusões / Neurastenia / Pequenina / A maior tortura / A Flor do Sonho / Noite de Saudade / Angústia / Amiga / Desejos vãos / Pior velhice / A um livro / Alma perdida / De joelhos / Languidez / Para quê?! / Ao vento / Tédio / A minha tragédia / Sem remédio / Mais triste / Velhinha / Em busca do Amor / Impossível

LIVRO DE SOROR SAUDADE (1923)   41

Soror Saudade / O nosso livro / O que tu és / Fanatismo / Alentejano / Fumo / Que importa?... / O meu orgulho / Os versos que te fiz / Frieza / O meu mal / A noite desce... / Caravelas / Inconstância / O nosso mundo / Prince Charmant... / Anoitecer / Esfinge / Tarde demais... / Cinzento / Nocturno / Maria das Quimeras / Saudades / Ruínas / Crepúsculo / Ódio? / Renúncia / A vida / Horas rubras / Suavidade / Princesa Desalento / Sombra / Hora que passa / Da minha janela / Sol poente / Exaltação

CHARNECA EM FLOR (1930)   79

*Charneca em flor / Versos de orgulho / Rústica / Realidade /
Conto de fadas / A um moribundo / Eu / Passeio ao campo /
Tarde no mar / Se tu viesses ver-me... / Mistério / O meu condão /
As minhas mãos / Noitinha / Lembrança / A nossa casa /
Mendiga / Supremo enleio / Toledo / Outonal / Ser poeta / Alvorecer /
Mocidade / Amar! / Nostalgia / Ambiciosa / Crucificada /Espera... /
Interrogação / Volúpia / Filtro / Mais alto / Nervos de oiro /
A voz da tília / Não ser / ? / In memoriam / Árvores do Alentejo /
Quem sabe?... / A minha piedade / Sou eu! / Panteísmo /
Pobre de Cristo / A uma rapariga / Minha culpa / Teus olhos /
He hum não querer mais que bem querer. (I a x)*

RELIQUIAE (1931)   139

*Évora / À janela de Garcia de Resende / O meu impossível /
Em vão / Voz que se cala / Para quê? / Sonho vago / Primavera /
Blasfêmia / O teu olhar / Noite de chuva / Tarde de música /
Chopin / O meu desejo / Escrava / Divino instante / Silêncio!... /
O maior bem / Os meus versos / Amor que morre /
Sobre a neve / Eu não sou de ninguém... / Vão orgulho /
Último sonho de "Soror Saudade" / Esquecimento / Loucura /
Deixai entrar a morte / À morte / Pobrezinha / Roseira brava /
Navios-fantasmas / O meu soneto / Nihil novum*

ESTUDO CRÍTICO de José Régio   175
FLORBELA ESPANCA E AS NOÇÕES DE POESIA MODERNA
de Leonardo Gandolfi   199

LIVRO DE MÁGOAS
(1919)

Procuremos somente a Beleza, que a vida
É um punhado infantil de areia ressequida,
Um som de água ou de bronze e uma sombra que passa...
EUGÉNIO DE CASTRO

Isolés dans l'amour ainsi qu'en un bois noir,
Nos deux coeurs, exhalant leur tendresse paisible,
Seront deux rossignols qui chantent dans le soir.
PAUL VERLAINE

ESTE LIVRO...

Este livro é de mágoas. Desgraçados
Que no mundo passais, chorai ao lê-lo!
Somente a vossa dor de Torturados
Pode, talvez, senti-lo... e compreendê-lo.

Este livro é para vós. Abençoados
Os que o sentirem, sem ser bom nem belo!
Bíblia de tristes... Ó Desventurados,
Que a vossa imensa dor se acalme ao vê-lo!

Livro de Mágoas... Dores... Ansiedades!
Livro de Sombras... Névoas e Saudades!
Vai pelo mundo... (Trouxe-o no meu seio...)

Irmãos na Dor, os olhos rasos de água,
Chorai comigo a minha imensa mágoa,
Lendo o meu livro só de mágoas cheio!...

VAIDADE

Sonho que sou a Poetisa eleita,
Aquela que diz tudo e tudo sabe,
Que tem a inspiração pura e perfeita,
Que reúne num verso a imensidade!

Sonho que um verso meu tem claridade
Para encher todo o mundo! E que deleita
Mesmo aqueles que morrem de saudade!
Mesmo os de alma profunda e insatisfeita!

Sonho que sou Alguém cá neste mundo...
Aquela de saber vasto e profundo,
Aos pés de quem a Terra anda curvada!

E quando mais no céu eu vou sonhando,
E quando mais no alto ando voando,
Acordo do meu sonho... E não sou nada!...

EU

Eu sou a que no mundo anda perdida,
Eu sou a que na vida não tem norte,
Sou a irmã do Sonho, e desta sorte
Sou a crucificada... a dolorida...

Sombra de névoa tênue e esvaecida,
E que o destino amargo, triste e forte,
Impele brutalmente para a morte!
Alma de luto sempre incompreendida!...

Sou aquela que passa e ninguém vê...
Sou a que chamam triste sem o ser...
Sou a que chora sem saber por quê...

Sou talvez a visão que Alguém sonhou,
Alguém que veio ao mundo pra me ver
E que nunca na vida me encontrou!

CASTELÃ DA TRISTEZA

Altiva e couraçada de desdém,
Vivo sozinha em meu castelo: a Dor!
Passa por ele a luz de todo o amor...
E nunca em meu castelo entrou alguém!

Castelã da Tristeza, vês?... A quem?...
— E o meu olhar é interrogador —
Perscruto, ao longe, as sombras do sol-pôr...
Chora o silêncio... nada... ninguém vem...

Castelã da Tristeza, por que choras
Lendo, toda de branco, um livro de horas,
À sombra rendilhada dos vitrais?...

À noite, debruçada, p'las ameias,
Por que rezas baixinho?... Por que anseias?...
Que sonho afagam tuas mãos reais?...

TORTURA

Tirar dentro do peito a Emoção,
A lúcida Verdade, o Sentimento!
— E ser, depois de vir do coração,
Um punhado de cinza esparso ao vento!...

Sonhar um verso de alto pensamento,
E puro como um ritmo de oração!
— E ser, depois de vir do coração,
O pó, o nada, o sonho dum momento...

São assim ocos, rudes, os meus versos:
Rimas perdidas, vendavais dispersos,
Com que eu iludo os outros, com que minto!

Quem me dera encontrar o verso puro,
O verso altivo e forte, estranho e duro,
Que dissesse, a chorar, isto que sinto!!

LÁGRIMAS OCULTAS

Se me ponho a cismar em outras eras
Em que ri e cantei, em que era querida,
Parece-me que foi noutras esferas,
Parece-me que foi numa outra vida...

E a minha triste boca dolorida,
Que dantes tinha o rir das primaveras,
Esbate as linhas graves e severas
E cai num abandono de esquecida!

E fico, pensativa, olhando o vago...
Toma a brandura plácida dum lago
O meu rosto de monja de marfim...

E as lágrimas que choro, branca e calma,
Ninguém as vê brotar dentro da alma!
Ninguém as vê cair dentro de mim!

TORRE DE NÉVOA

Subi ao alto, à minha Torre esguia,
Feita de fumo, névoas e luar,
E pus-me, comovida, a conversar
Com os poetas mortos, todo o dia.

Contei-lhes os meus sonhos, a alegria
Dos versos que são meus, do meu sonhar,
E todos os poetas, a chorar,
Responderam-me então: "Que fantasia,

Criança doida e crente! Nós também
Tivemos ilusões, como ninguém,
E tudo nos fugiu, tudo morreu!..."

Calaram-se os poetas, tristemente...
E é desde então que eu choro amargamente
Na minha Torre esguia junto ao céu!...

A MINHA DOR

A você

A minha Dor é um convento ideal
Cheio de claustros, sombras, arcarias,
Aonde a pedra em convulsões sombrias
Tem linhas dum requinte escultural.

Os sinos têm dobres de agonias
Ao gemer, comovidos, o seu mal...
E todos têm sons de funeral
Ao bater horas, no correr dos dias..

A minha Dor é um convento. Há lírios
Dum roxo macerado de martírios,
Tão belos como nunca os viu alguém!

Nesse triste convento aonde eu moro,
Noites e dias rezo e grito e choro,
E ninguém ouve... ninguém vê... ninguém.

DIZERES ÍNTIMOS

É tão triste morrer na minha idade!
E vou ver os meus olhos, penitentes
Vestidinhos de roxo, como crentes
Do soturno convento da Saudade!

E logo vou olhar (com que ansiedade!...)
As minhas mãos esguias, languescentes,
De brancos dedos, uns bebês doentes
Que hão de morrer em plena mocidade!

E ser-se novo é ter-se o Paraíso,
É ter-se a estrada larga, ao sol, florida,
Aonde tudo é luz e graça e riso!

E os meus vinte e três anos... (Sou tão nova!)
Dizem baixinho a rir: "Que linda a vida!..."
Responde a minha Dor: "Que linda a cova!"

AS MINHAS ILUSÕES

Hora sagrada dum entardecer
De Outono, à beira-mar, cor de safira,
Soa no ar uma invisível lira...
O sol é um doente a enlanguescer...

A vaga estende os braços a suster,
Numa dor de revolta cheia de ira,
A doirada cabeça que delira
Num último suspiro, a estremecer!

O sol morreu... e veste luto o mar...
E eu vejo a urna de oiro, a balouçar,
À flor das ondas, num lençol de espuma.

As minhas Ilusões, doce tesoiro,
Também as vi levar em uma urna de oiro,
No mar da Vida, assim... uma por uma...

NEURASTENIA

Sinto hoje a alma cheia de tristeza!
Um sino dobra em mim Ave-Marias!
Lá fora, a chuva, brancas mãos esguias,
Faz na vidraça rendas de Veneza...

O vento desgrenhado chora e reza
Por alma dos que estão nas agonias!
E flocos de neve, aves brancas, frias,
Batem as asas pela Natureza...

Chuva... tenho tristeza! Mas por quê?!
Vento... tenho saudades! Mas de quê?!
Ó neve que destino triste o nosso!

Ó chuva! Ó vento! Ó neve! Que tortura!
Gritem ao mundo inteiro esta amargura,
Digam isto que sinto que eu não posso!!...

PEQUENINA

À Maria Helena Falcão Risques

És pequenina e ris... A boca breve
É um pequeno idílio cor-de-rosa...
Haste de lírio frágil e mimosa!
Cofre de beijos feito sonho e neve!

Doce quimera que a nossa alma deve
Ao Céu que assim te fez tão graciosa!
Que nesta vida amarga e tormentosa
Te fez nascer como um perfume leve!

O ver o teu olhar faz bem à gente...
E cheira e sabe, a nossa boca, a flores
Quando o teu nome diz, suavemente...

Pequenina que a Mãe de Deus sonhou,
Que ela afaste de ti aquelas dores
Que fizeram de mim isto que sou!

A MAIOR TORTURA

A um grande poeta de Portugal

Na vida, para mim, não há deleite.
Ando a chorar convulsa noite e dia...
E não tenho uma sombra fugidia
Onde poise a cabeça, onde me deite!

E nem flor de lilás tenho que enfeite
A minha atroz, imensa nostalgia!...
A minha pobre Mãe tão branca e fria
Deu-me a beber a Mágoa no seu leite!

Poeta, eu sou um cardo desprezado,
A urze que se pisa sob os pés.
Sou, como tu, um riso desgraçado!

Mas a minha tortura inda é maior:
Não ser poeta assim como tu és
Para gritar num verso a minha Dor!...

A FLOR DO SONHO

A Flor do Sonho, alvíssima, divina,
Miraculosamente abriu em mim,
Como se uma magnólia de cetim
Fosse florir num muro todo em ruína.

Pende em meu seio a haste branda e fina
E não posso entender como é que, enfim,
Essa tão rara flor abriu assim!...
Milagre... fantasia... ou, talvez, sina...

Ó Flor que em mim nasceste sem abrolhos,
Que tem que sejam tristes os meus olhos
Se eles são tristes pelo amor de ti?!...

Desde que em mim nasceste em noite calma,
Voou ao longe a asa da minh'alma
E nunca, nunca mais eu me entendi...

NOITE DE SAUDADE

A Noite vem poisando devagar
Sobre a Terra, que inunda de amargura...
E nem sequer a bênção do luar
A quis tornar divinamente pura...

Ninguém vem atrás dela a acompanhar
A sua dor que é cheia de tortura...
E eu oiço a Noite imensa soluçar!
E eu oiço soluçar a Noite escura!

Por que és assim tão escura, assim tão triste?!
É que, talvez, ó Noite, em ti existe
Uma Saudade igual à que eu contenho!

Saudade que eu sei donde me vem...
Talvez de ti, ó Noite!... Ou de ninguém!...
Que eu nunca sei quem sou, nem o que tenho!!

ANGÚSTIA

Tortura do pensar! Triste lamento!
Quem nos dera calar a tua voz!
Quem nos dera cá dentro, muito a sós,
Estrangular a hidra num momento!

E não se quer pensar!... e o pensamento
Sempre a morder-nos bem, dentro de nós...
Querer apagar no céu — ó sonho atroz! —
O brilho duma estrela, com o vento!...

E não se apaga, não... nada se apaga!
Vem sempre rastejando como a vaga...
Vem sempre perguntando: "O que te resta?..."

Ah! não ser mais que o vago, o infinito!
Ser pedaço de gelo, ser granito,
Ser rugido de tigre na floresta!

AMIGA

Deixa-me ser a tua amiga, Amor,
A tua amiga só, já que não queres
Que pelo teu amor seja a melhor,
A mais triste de todas as mulheres.

Que só, de ti, me venha mágoa e dor
O que me importa a mim?! O que quiseres
É sempre um sonho bom! Seja o que for,
Bendito sejas tu por mo dizeres!

Beija-me as mãos, Amor, devagarinho...
Como se os dois nascêssemos irmãos,
Aves cantando, ao sol, no mesmo ninho...

Beija-mas bem!... Que fantasia louca
Guardar assim, fechados, nestas mãos,
Os beijos que sonhei pra minha boca!...

DESEJOS VÃOS

Eu queria ser o Mar de altivo porte
Que ri e canta, a vastidão imensa!
Eu queria ser a Pedra que não pensa,
A pedra do caminho, rude e forte!

Eu queria ser o Sol, a luz intensa,
O bem do que é humilde e não tem sorte!
Eu queria ser a árvore tosca e densa
Que ri do mundo vão e até da morte!

Mas o Mar também chora de tristeza...
As árvores também, como quem reza,
Abrem, aos Céus, os braços, como um crente!

E o Sol altivo e forte, ao fim de um dia,
Tem lágrimas de sangue na agonia!
E as Pedras... essas... pisa-as toda a gente!...

PIOR VELHICE

Sou velha e triste. Nunca o alvorecer
Dum riso são andou na minha boca!
Gritando que me acudam, em voz rouca,
Eu, náufraga da Vida, ando a morrer!

A Vida, que ao nascer, enfeita e touca
De alvas rosas a fronte da mulher,
Na minha fronte mística de louca
Martírios só poisou a emurchecer!

E dizem que sou nova... A mocidade
Estará só, então, na nossa idade,
Ou está em nós e em nosso peito mora?!

Tenho a pior velhice, a que é mais triste,
Aquela onde nem sequer existe
Lembrança de ter sido nova... outrora...

A UM LIVRO

No silêncio de cinzas do meu Ser
Agita-se uma sombra de cipreste,
Sombra roubada ao livro que ando a ler,
A esse livro de mágoas que me deste.

Estranho livro aquele que escreveste,
Artista da saudade e do sofrer!
Estranho livro aquele em que puseste
Tudo o que eu sinto, sem poder dizer!

Leio-o, e folheio, assim, toda a minh'alma!
O livro que me deste é meu, e salma
As orações que choro e rio e canto!...

Poeta igual a mim, ai quem me dera
Dizer o que tu dizes!... Quem soubera
Velar a minha Dor desse teu manto!...

ALMA PERDIDA

Toda esta noite o rouxinol chorou,
Gemeu, rezou, gritou perdidamente!
Alma de rouxinol, alma da gente,
Tu és, talvez, alguém que se finou!

Tu és, talvez, um sonho que passou,
Que se fundiu na Dor, suavemente...
Talvez sejas a alma, a alma doente
D'alguém que quis amar e nunca amou!

Toda a noite choraste... e eu chorei
Talvez porque, ao ouvir-te, adivinhei
Que ninguém é mais triste do que nós!

Contaste tanta coisa à noite calma,
Que eu pensei que tu eras a minh'alma
Que chorasse perdida em tua voz!

DE JOELHOS

"Bendita seja a Mãe que te gerou."
Bendito o leite que te fez crescer.
Bendito o berço aonde te embalou
A tua ama, pra te adormecer!

Bendita essa canção que acalentou
Da tua vida o doce alvorecer...
Bendita seja a Lua, que inundou
De luz, a Terra, só para te ver...

Benditos sejam todos que te amarem,
As que em volta de ti ajoelharem
Numa grande paixão fervente e louca!

E se mais que eu, um dia, te quiser
Alguém, bendita seja essa Mulher,
Bendito seja o beijo dessa boca!!

LANGUIDEZ

Tardes da minha terra, doce encanto,
Tardes duma pureza de açucenas,
Tardes de sonho, as tardes de novenas,
Tardes de Portugal, as tardes de Anto,

Como eu vos quero e amo! Tanto! Tanto!
Horas benditas, leves como penas,
Horas de fumo e cinza, horas serenas,
Minhas horas de dor em que eu sou santo!

Fecho as pálpebras roxas, quase pretas,
Que poisam sobre duas violetas,
Asas leves cansadas de voar...

E a minha boca tem uns beijos mudos...
E as minhas mãos, uns pálidos veludos,
Traçam gestos de sonho pelo ar...

PARA QUÊ?!

Tudo é vaidade neste mundo vão...
Tudo é tristeza, tudo é pó, é nada!
E mal desponta em nós a madrugada,
Vem logo a noite encher o coração!

Até o amor nos mente, essa canção
Que o nosso peito ri à gargalhada,
Flor que é nascida e logo desfolhada,
Pétalas que se pisam pelo chão!...

Beijos de amor! Pra quê?!... Tristes vaidades!
Sonhos que logo são realidades,
Que nos deixam a alma como morta!

Só neles acredita quem é louca!
Beijos de amor que vão de boca em boca,
Como pobres que vão de porta em porta!...

AO VENTO

O vento passa a rir, torna a passar,
Em gargalhadas ásperas de demente;
E esta minh'alma trágica e doente
Não sabe se há de rir, se há de chorar!

Vento de voz tristonha, voz plangente,
Vento que ris de mim, sempre a troçar,
Vento que ris do mundo e do amar,
A tua voz tortura toda a gente!...

Vale-te mais chorar, meu pobre amigo!
Desabafa essa dor a sós comigo,
E não rias assim!... Ó vento, chora!

Que eu bem conheço, amigo, esse fadário
Do nosso peito ser como um Calvário,
E a gente andar a rir p'la vida fora!!...

TÉDIO

Passo pálida e triste. Oiço dizer:
"Que branca que ela é! Parece morta!"
E eu que vou sonhando, vaga, absorta,
Não tenho um gesto, ou um olhar sequer...

Que diga o mundo e a gente o que quiser!
— O que é que isso me faz? O que me importa?
O frio que trago dentro gela e corta
Tudo que é sonho e graça na mulher!

O que é que me importa?! Essa tristeza
É menos dor intensa que frieza,
É um tédio profundo de viver!

E é tudo sempre o mesmo, eternamente...
O mesmo lago plácido, dormente...
E os dias, sempre os mesmos, a correr...

A MINHA TRAGÉDIA

Tenho ódio à luz e raiva à claridade
Do sol, alegre, quente, na subida.
Parece que a minh'alma é perseguida
Por um carrasco cheio de maldade!

Ó minha vã, inútil mocidade,
Trazes-me embriagada, entontecida!...
Duns beijos que me deste noutra vida,
Trago em meus lábios roxos, a saudade!...

Eu não gosto do sol, eu tenho medo
Que me leiam nos olhos o segredo
De não amar ninguém, de ser assim!

Gosto da Noite imensa, triste, preta,
Como esta estranha e doida borboleta
Que eu sinto sempre a voltejar em mim!

SEM REMÉDIO

Aqueles que me têm muito amor
Não sabem o que sinto e o que sou...
Não sabem que passou, um dia, a Dor
À minha porta e, nesse dia, entrou.

E é desde então que eu sinto este pavor,
Este frio que anda em mim, e que gelou
O que de bom me deu Nosso Senhor!
Se eu nem sei por onde ando e onde vou!!

Sinto os passos da Dor, essa cadência
Que é já tortura infinda, que é demência!
Que é já vontade doida de gritar!

E é sempre a mesma mágoa, o mesmo tédio,
A mesma angústia funda, sem remédio,
Andando atrás de mim, sem me largar!

MAIS TRISTE

É triste, diz a gente, a vastidão
Do mar imenso! E aquela voz fatal
Com que ele fala, agita o nosso mal!
E a Noite é triste como a Extrema-Unção!

É triste e dilacera o coração
Um poente do nosso Portugal!
E não veem que eu sou... eu... afinal,
A coisa mais magoada das que o são?!...

Poentes de agonia trago-os eu
Dentro de mim e tudo quanto é meu
É um triste poente de amargura!

E a vastidão do Mar, toda essa água
Trago-a dentro de mim num mar de Mágoa!
E a noite sou eu própria! A Noite escura!!

VELHINHA

Se os que me viram já cheia de graça
Olharem bem de frente para mim,
Talvez, cheios de dor, digam assim:
"Já ela é velha! Como o tempo passa!..."

Não sei rir e cantar por mais que faça!
Ó minhas mãos talhadas em marfim,
Deixem esse fio de oiro que esvoaça!
Deixem correr a vida até ao fim!

Tenho vinte e três anos! Sou velhinha!
Tenho cabelos brancos e sou crente...
Já murmuro orações... falo sozinha...

E o bando cor-de-rosa dos carinhos
Que tu me fazes, olho-os indulgente,
Como se fosse um bando de netinhos...

EM BUSCA DO AMOR

O meu Destino disse-me a chorar:
"Pela estrada da Vida vai andando,
E, aos que vires passar, interrogando
Acerca do Amor, que hás de encontrar."

Fui pela estrada a rir e a cantar,
As contas do meu sonho desfiando...
E noite e dia, à chuva e ao luar,
Fui sempre caminhando e perguntando...

Mesmo a um velho eu perguntei: "Velhinho,
Viste o Amor acaso em teu caminho?"
E o velho estremeceu... olhou... e riu...

Agora pela estrada, já cansados,
Voltam todos pra trás desanimados...
E eu paro a murmurar: "Ninguém o viu!"...

IMPOSSÍVEL

Disseram-me hoje, assim, ao ver-me triste:
"Parece Sexta-Feira de Paixão.
Sempre a cismar, cismar de olhos no chão,
Sempre a pensar na dor que não existe...

O que é que tem?! Tão nova e sempre triste!
Faça por estar contente! Pois então?!..."
Quando se sofre, o que se diz é vão...
Meu coração, tudo, calado, ouviste...

Os meus males ninguém mos adivinha...
A minha Dor não fala, anda sozinha...
Dissesse ela o que sente! Ai quem me dera!...

Os males de Anto toda a gente os sabe!
Os meus... ninguém... A minha Dor não cabe
Nos cem milhões de versos que eu fizera!...

LIVRO DE SOROR SAUDADE
(1923)

Irmã, Soror Saudade, ah! se eu pudesse
Tocar de aspiração a nossa vida,
Fazer do mundo a Terra Prometida
Que ainda em sonho às vezes me aparece!
AMÉRICO DURÃO

Il n'a pas à se plaindre celui qui attend un sentiment plus ardent et plus généreux. Il n'a pas à se plaindre celui qui attend le désir d'un peu plus de bonheur, d'un peu plus de beauté, d'un peu plus de justice.
MAURICE MAETERLINCK
La Sagesse et la Destinée

SOROR SAUDADE

A Américo Durão

Irmã Soror Saudade, me chamaste...
E na minh'alma o nome iluminou-se
Como um vitral ao sol, como se fosse
A luz do próprio sonho que sonhaste.

Numa tarde de Outono o murmuraste;
Toda a mágoa do Outono ele me trouxe
Jamais me hão de chamar outro mais doce;
Com ele bem mais triste me tornaste...

E baixinho, na alma de minh'alma,
Como bênção de sol que afaga e acalma
Nas horas más de febre e de ansiedade,

Como se fossem pétalas caindo,
Digo as palavras desse nome lindo
Que tu me deste: "Irmã, Soror Saudade"...

O NOSSO LIVRO

A A.G.

Livro do meu amor, do teu amor,
Livro do nosso amor, do nosso peito...
Abre-lhe as folhas devagar, com jeito,
Como se fossem pétalas de flor.

Olha que eu outro já não sei compor
Mais santamente triste, mais perfeito
Não esfolhes os lírios com que é feito
Que outros não tenho em meu jardim de dor!

Livro de mais ninguém! Só meu! Só teu!
Num sorriso tu dizes e digo eu:
Versos só nossos mas que lindos sois!

Ah! meu Amor! Mas quanta, quanta gente
Dirá, fechando o livro docemente:
"Versos só nossos, só de nós os dois!..."

O QUE TU ÉS

És Aquela que tudo te entristece,
Irrita e amargura, tudo humilha;
Aquela a quem a Mágoa chamou filha;
A que aos homens e a Deus nada merece.

Aquela que o sol claro entenebrece,
A que nem sabe a estrada que ora trilha,
Que nem um lindo amor de maravilha
Sequer deslumbra, e ilumina, e aquece!

Mar Morto sem marés nem ondas largas,
A rastejar no chão, como as mendigas,
Todo feito de lágrimas amargas!

És ano que não teve Primavera...
Ah! Não seres como as outras raparigas
Ó Princesa Encantada da Quimera!...

FANATISMO

Minh'alma, de sonhar-te, anda perdida
Meus olhos andam cegos de te ver!
Não és sequer razão do meu viver,
Pois que tu és já toda a minha vida!

Não vejo nada assim enlouquecida...
Passo no mundo, meu Amor, a ler
No misterioso livro do teu ser
A mesma história tantas vezes lida!

"Tudo no mundo é frágil, tudo passa..."
Quando me dizem isto, toda a graça
Duma boca divina fala em mim!

E, olhos postos em ti, digo de rastros:
"Ah! Podem voar mundos, morrer astros,
Que tu és como Deus: Princípio e Fim!..."

ALENTEJANO

À Buja

Deu agora meio-dia; o sol é quente
Beijando a urze triste dos outeiros.
Nas ravinas do monte andam ceifeiros
Na faina, alegres, desde o sol nascente.

Cantam as raparigas, brandamente,
Brilham os olhos negros, feiticeiros;
E há perfis delicados e trigueiros
Entre as altas espigas de oiro ardente.

A terra prende aos dedos sensuais
A cabeleira loira dos trigais
Sob a bênção dulcíssima dos Céus.

Há gritos arrastados de cantigas...
E eu sou uma daquelas raparigas...
E tu passas e dizes: "Salve-os Deus!"

FUMO

Longe de ti são ermos os caminhos,
Longe de ti não há luar nem rosas,
Longe de ti há noites silenciosas,
Há dias sem calor, beirais sem ninhos!

Meus olhos são dois velhos pobrezinhos
Perdidos pelas noites invernosas...
Abertos, sonham mãos cariciosas,
Tuas mãos doces, plenas de carinhos!

Os dias são Outonos: choram... choram...
Há crisântemos roxos que descoram...
Há murmúrios dolentes de segredos...

Invoco o nosso sonho! Estendo os braços!
E ele é, ó meu Amor, pelos espaços,
Fumo leve que foge entre os meus dedos!...

QUE IMPORTA?...

Eu era a desdenhosa, a indiferente.
Nunca sentira em mim o coração
Bater em violências de paixão,
Como bate no peito à outra gente.

Agora, olhas-me tu altivamente,
Sem sombra de desejo ou de emoção,
Enquanto as asas loiras da ilusão
Abrem dentro de mim ao sol nascente.

Minh'alma, a pedra, transformou-se em fonte;
Como nascida em carinhoso monte,
Toda ela é riso, e é frescura e graça!

Nela refresca a boca um só instante...
Que importa?... se o cansado viandante
Bebe em todas as fontes... quando passa?...

O MEU ORGULHO

Lembro-me o que fui dantes. Quem me dera
Não me lembrar! Em tardes dolorosas
Eu lembro-me que fui a Primavera
Que em muros velhos fez nascer as rosas!

As minhas mãos, outrora carinhosas,
Pairavam como pombas... Quem soubera
Por que tudo passou e foi quimera,
E por que os muros velhos não dão rosas!

São sempre os que eu recordo que me esquecem...
Mas digo para mim: "Não me merecem..."
E já não fico tão abandonada!

Sinto que valho mais, mais pobrezinha:
Que também é orgulho ser sozinha,
E também é nobreza não ter nada!

OS VERSOS QUE TE FIZ

Deixa dizer-te os lindos versos raros
Que a minha boca tem pra te dizer!
São talhados em mármore de Paros
Cinzelados por mim pra te oferecer.

Têm dolência de veludos caros,
São como sedas pálidas a arder...
Deixa dizer-te os lindos versos raros
Que foram feitos pra te endoidecer!

Mas, meu Amor, eu não t'os digo ainda.
Que a boca da mulher é sempre linda
Se dentro guarda um verso que não diz!

Amo-te tanto! E nunca te beijei...
E nesse beijo, Amor, que eu te não dei
Guardo os versos mais lindos que te fiz!

FRIEZA

Os teus olhos são frios como espadas,
E claros como os trágicos punhais;
Têm brilhos cortantes de metais
E fulgores de lâminas geladas.

Vejo neles imagens retratadas
De abandonos cruéis e desleais,
Fantásticos desejos irreais,
E todo o oiro e o sol das madrugadas!

Mas não te invejo, Amor, essa indiferença,
Que viver neste mundo sem amar
É pior que ser cego de nascença!

Tu invejas a dor que vive em mim!
E quanta vez dirás a soluçar:
"Ah! Quem me dera, Irmã, amar assim!"

O MEU MAL

A meu Irmão

Eu tenho lido em mim, sei-me de cor,
Eu sei o nome ao meu estranho mal:
Eu sei que fui a renda dum vitral,
Que fui cipreste, e caravela, e dor!

Fui tudo que no mundo há de maior,
Fui cisne, e lírio, e águia, e catedral!
E fui, talvez, um verso de Nerval,
Ou um cínico riso de Chamfort...

Fui a heráldica flor de agrestes cardos,
Deram as minhas mãos aroma aos nardos...
Deu cor ao eloendro a minha boca...

Ah! De Boabdil fui lágrima na Espanha!
E foi de lá que eu trouxe esta ânsia estranha!
Mágoa não sei de quê! Saudade louca!

A NOITE DESCE...

Como pálpebras roxas que tombassem
Sobre uns olhos cansados, carinhosas,
A noite desce... Ah! doces mãos piedosas
Que os meus olhos tristíssimos fechassem!

Assim mãos de bondade me embalassem!
Assim me adormecessem, caridosas,
E em braçadas de lírios e mimosas
No crepúsculo que desce me enterrassem!

A noite em sombra e fumo se desfaz...
Perfume de baunilha ou de lilás
A noite põe-me embriagada, louca!

E a noite vai descendo, muda e calma...
Meu doce Amor, tu beijas a minh'alma
Beijando nesta hora a minha boca!

CARAVELAS

Cheguei a meio da vida já cansada
De tanto caminhar! Já me perdi!
Dum estranho país que nunca vi
Sou neste mundo imenso a exilada.

Tanto tenho aprendido e não sei nada.
E as torres de marfim que construí
Em trágica loucura as destruí
Por minhas próprias mãos de malfadada!

Se eu sempre fui assim este Mar Morto:
Mar sem marés, sem vagas e sem porto
Onde velas de sonhos se rasgaram!

Caravelas doiradas a bailar...
Ai quem me dera as que eu deitei ao Mar!
As que eu lancei à vida, e não voltaram!...

INCONSTÂNCIA

Procurei o amor, que me mentiu.
Pedi à Vida mais do que ela dava;
Eterna sonhadora edificava
Meu castelo de luz que me caiu!

Tanto clarão nas trevas refulgiu,
E tanto beijo a boca me queimava!
E era o sol que os longes deslumbrava
Igual a tanto sol que me fugiu!

Passei a vida a amar e a esquecer...
Atrás do sol dum dia outro a aquecer
As brumas dos atalhos por onde ando...

E este amor que assim me vai fugindo
É igual a outro amor que vai surgindo,
Que há de partir também... nem eu sei quando...

O NOSSO MUNDO

Eu bebo a Vida, a Vida, a longos tragos
Como um divino vinho de Falerno!
Pousando em ti o meu olhar eterno
Como pousam as folhas sobre os lagos...

Os meus sonhos agora são mais vagos...
O teu olhar em mim, hoje, é mais terno...
E a Vida já não é o rubro inferno
Todo fantasmas tristes e pressagos!

A Vida, meu Amor, quero vivê-la!
Na mesma taça erguida em tuas mãos,
Bocas unidas, hemos de bebê-la!

Que importa o mundo e as ilusões defuntas?...
Que importa o mundo e seus orgulhos vãos?...
O mundo, Amor!... As nossas bocas juntas!...

PRINCE CHARMANT...

A Raul Proença

No lânguido esmaecer das amorosas
Tardes que morrem voluptuosamente
Procurei-O no meio de toda a gente.
Procurei-O em horas silenciosas!

Ó noites da minh'alma tenebrosas!
Boca sangrando beijos, flor que sente...
Olhos postos num sonho, humildemente...
Mãos cheias de violetas e de rosas...

E nunca O encontrei!... Prince Charmant...
Como audaz cavaleiro em velhas lendas
Virá, talvez, nas névoas da manhã!

Em toda a nossa vida anda a quimera
Tecendo em frágeis dedos frágeis rendas...
— Nunca se encontra Aquele que se espera!...

ANOITECER

A luz desmaia num fulgor de aurora,
Diz-nos adeus religiosamente...
E eu que não creio em nada, sou mais crente
Do que em menina, um dia, o fui... outrora...

Não sei o que em mim ri, o que em mim chora,
Tenho bênçãos de amor pra toda a gente!
E a minha alma, sombria e penitente.
Soluça no infinito desta hora...

Horas tristes que são o meu rosário...
Ó minha cruz de tão pesado lenho!
Ó meu áspero e intérmino Calvário!

E a esta hora tudo em mim revive:
Saudades de saudades que não tenho...
Sonhos que são os sonhos dos que eu tive...

ESFINGE

Sou filha da charneca erma e selvagem:
Os giestais, por entre os rosmaninhos,
Abrindo os olhos d'oiro, p'los caminhos,
Desta minh'alma ardente são a imagem.

E ansiosa desejo — ó vã miragem —
Que tu e eu, em beijos e carinhos,
Eu a Charneca, e tu o Sol, sozinhos,
Fôssemos um pedaço da paisagem!

E à noite, à hora doce da ansiedade,
Ouviria da boca do luar
O *De Profundis* triste da Saudade...

E, à tua espera, enquanto o mundo dorme,
Ficaria, olhos quietos, a cismar...
Esfinge olhando, na planície enorme...

TARDE DEMAIS...

Quando chegaste enfim, para te ver
Abriu-se a noite em mágico luar;
E para o som de teus passos conhecer
Pôs-se o silêncio, em volta, a escutar...

Chegaste, enfim! Milagre de endoidar!
Viu-se nessa hora o que não pode ser:
Em plena noite a noite iluminar
E as pedras do caminho florescer!

Beijando a areia de oiro dos desertos
Procurara-te em vão! Braços abertos,
Pés nus, olhos a rir, a boca em flor!

E há cem anos que eu era nova e linda!...
E a minha boca morta grita ainda:
Por que chegaste tarde, ó meu Amor?!...

CINZENTO

Poeiras de crepúsculos cinzentos.
Lindas rendas velhinhas, em pedaços,
Prendem-se aos meus cabelos, aos meus braços,
Como brancos fantasmas, sonolentos...

Monges soturnos deslizando lentos,
Devagarinho, em misteriosos passos...
Perde-se a luz em lânguidos cansaços...
Ergue-se a minha cruz dos desalentos!

Poeiras de crepúsculos tristonhos,
Lembram-me o fumo leve dos meus sonhos,
A névoa das saudades que deixaste!

Hora em que o teu olhar me deslumbrou...
Hora em que a tua boca me beijou...
Hora em que fumo e névoa te tornaste...

NOCTURNO

Amor! Anda o luar, todo bondade,
Beijando a Terra, a desfazer-se em luz...
Amor! São os pés brancos de Jesus
Que anda pisando as ruas da cidade!

E eu ponho-me a pensar... Quanta saudade
Das ilusões e risos que em ti pus!
Traçaste em mim os braços duma cruz,
Neles pregaste a minha mocidade!

Minh'alma que eu te dei, cheia de mágoas,
É nesta noite o nenúfar de um lago
Estendendo as asas brancas sobre as águas!

Poisa as mãos nos meus olhos, com carinho,
Fecha-os num beijo dolorido e vago...
E deixa-me chorar devagarinho...

MARIA DAS QUIMERAS

Maria das Quimeras me chamou
Alguém… Pelos castelos que eu ergui,
P'las flores de oiro e azul que a sol teci
Numa tela de sonho que estalou.

Maria das Quimeras me ficou;
Com elas na minh'alma adormeci.
Mas, quando despertei, nem uma vi,
Que da minh'alma, Alguém, tudo levou!

Maria das Quimeras, que fim deste
Às flores de oiro e azul que a sol bordaste,
Aos sonhos tresloucados que fizeste?

Pelo mundo, na vida, o que é que esperas?…
Aonde estão os beijos que sonhaste,
Maria das Quimeras, sem quimeras?

SAUDADES

Saudades! Sim... talvez... e por que não?...
Se o nosso sonho foi tão alto e forte
Que bem pensara vê-lo até à morte
Deslumbrar-me de luz o coração!

Esquecer! Para quê?... Ah! como é vão!
Que tudo isso, Amor, nos não importe.
Se ele deixou beleza que conforte
Deve-nos ser sagrado como o pão!

Quantas vezes, Amor, já te esqueci,
Para mais doidamente me lembrar,
Mais doidamente me lembrar de ti!

E quem dera que fosse sempre assim:
Quanto menos quisesse recordar
Mais a saudade andasse presa a mim!

RUÍNAS

Se é sempre Outono o rir das primaveras,
Castelos, um a um, deixa-os cair...
Que a vida é um constante derruir
De palácios do Reino das Quimeras!

E deixa sobre as ruínas crescer heras.
Deixa-as beijar as pedras e florir!
Que a vida é um contínuo destruir
De palácios do Reino das Quimeras!

Deixa tombar meus rútilos castelos!
Tenho ainda mais sonhos para erguê-los
Mais altos do que as águias pelo ar!

Sonhos que tombam! Derrocada louca!
São como os beijos duma linda boca!
Sonhos!... Deixa-os tombar... deixa-os tombar...

CREPÚSCULO

Teus olhos, borboletas de oiro, ardentes
Borboletas de sol, de asas magoadas,
Poisam nos meus, suaves e cansadas,
Como em dois lírios roxos e dolentes...

E os lírios fecham... Meu amor não sentes?
Minha boca tem rosas desmaiadas,
E as minhas pobres mãos são maceradas
Como vagas saudades de doentes...

O Silêncio abre as mãos... entorna rosas...
Andam no ar carícias vaporosas
Como pálidas sedas, arrastando...

E a tua boca rubra ao pé da minha
É na suavidade da tardinha
Um coração ardente, palpitando...

ÓDIO?

À Aurora Aboim

Ódio por ele? Não... Se o amei tanto,
Se tanto bem lhe quis no meu passado,
Se o encontrei depois de o ter sonhado,
Se à vida assim roubei todo o encanto...

Que importa se mentiu? E se hoje o pranto
Turva o meu triste olhar, marmorizado,
Olhar de monja, trágico, gelado
Como um soturno e enorme Campo Santo!

Ah! Nunca mais amá-lo é já bastante!
Quero senti-lo doutra, bem distante,
Como se fora meu, calma e serena!

Ódio seria em mim saudade infinda,
Mágoa de o ter perdido, amor ainda.
Ódio por ele? Não... não vale a pena.

RENÚNCIA

A minha mocidade outrora eu pus
No tranquilo convento da Tristeza;
Lá passa dias, noites, sempre presa,
Olhos fechados, magras mãos em cruz...

Lá fora, a Lua, Satanás, seduz!
Desdobra-se em requintes de Beleza...
É como um beijo ardente a Natureza...
A minha cela é como um rio de luz...

Fecha os teus olhos bem! Não vejas nada!
Empalidece mais! E, resignada,
Prende os teus braços a uma cruz maior!

Gela ainda a mortalha que te encerra!
Enche a boca de cinzas e de terra,
Ó minha mocidade toda em flor!

A VIDA

É vão o amor, o ódio, ou o desdém;
Inútil o desejo e o sentimento…
Lançar um grande amor aos pés de alguém
O mesmo é que lançar flores ao vento!

Todos somos no mundo "Pedro Sem",
Uma alegria é feita dum tormento
Um riso é sempre o eco dum lamento,
Sabe-se lá um beijo de onde vem!

A mais nobre ilusão morre… desfaz-se…
Uma saudade morta em nós renasce
Que no mesmo momento é já perdida…

Amar-te a vida inteira eu não podia.
A gente esquece sempre o bem de um dia.
Que queres, meu Amor, se é isto a vida!…

HORAS RUBRAS

Horas profundas, lentas e caladas,
Feitas de beijos sensuais e ardentes,
De noites de volúpia, noites quentes
Onde há risos de virgens desmaiadas...

Oiço as olaias rindo desgrenhadas...
Tombam astros em fogo, astros dementes,
E do luar os beijos languescentes
São pedaços de prata p'las estradas...

Os meus lábios são brancos como lagos...
Os meus braços são leves como afagos.
Vestiu-os o luar de sedas puras...

Sou chama e neve branca e misteriosa...
E sou, talvez, na noite voluptuosa,
Ó meu Poeta, o beijo que procuras!

SUAVIDADE

Pousa a tua cabeça dolorida
Tão cheia de quimeras, de ideal,
Sobre o regaço brando e maternal
Da tua doce Irmã compadecida.

Hás de contar-me nessa voz tão qu'rida
A tua dor que julgas sem igual,
E eu, pra te consolar, direi o mal
Que à minha alma profunda fez a Vida.

E hás de adormecer nos meus joelhos…
E os meus dedos enrugados, velhos,
Hão de fazer-se leves e suaves…

Hão de pousar-se num fervor de crente,
Rosas brancas tombando docemente,
Sobre o teu rosto, como penas de aves…

PRINCESA DESALENTO

Minh'alma é a Princesa Desalento
Como um Poeta lhe chamou, um dia.
É magoada, e pálida, e sombria,
Como soluços trágicos do vento!

É frágil como o sonho dum momento;
Soturna como preces de agonia,
Vive do riso duma boca fria:
Minh'alma é a Princesa Desalento...

Altas horas da noite ela vagueia...
E ao luar suavíssimo, que anseia,
Põe-se a falar de tanta coisa morta!

O luar ouve a minh'alma, ajoelhado,
E vai traçar, fantástico e gelado,
A sombra duma cruz à tua porta...

SOMBRA

De olheiras roxas, roxas, quase pretas,
De olhos límpidos, doces, languescentes,
Lagos em calma, pálidos, dormentes,
Onde se debruçassem violetas...

De mãos esguias, finas hastes quietas,
Que o vento não baloiça em noites quentes...
Nocturno de Chopin... risos dolentes...
Versos tristes em sonhos de Poetas...

Beijo doce de aromas perturbantes...
Rosal bendito que dá rosas... Dantes
Esta era Eu e Eu era a Idolatrada!...

Oh! tanta cinza morta... o vento a leve!
Vou sendo agora em ti a sombra leve
De alguém que dobra a curva duma estrada...

HORA QUE PASSA

Vejo-me triste, abandonada e só
Bem como um cão sem dono e que o procura,
Mais pobre e desprezada do que Job
A caminhar na via da amargura!

Judeu Errante que a ninguém faz dó!
Minh'alma triste, dolorida e escura,
Minh'alma sem amor é cinza e pó,
Vaga roubada ao Mar da Desventura!

Que tragédia tão funda no meu peito!...
Quanta ilusão morrendo que esvoaça!
Quanto sonho a nascer e já desfeito!

Deus! Como é triste a hora quando morre...
O instante que foge, voa, e passa...
Fiozinho de água triste... a vida corre...

DA MINHA JANELA

Mar alto! Ondas quebradas e vencidas
Num soluçar aflito e murmurado…
Voo de gaivotas, leve, imaculado,
Como neves nos píncaros nascidas!

Sol! Ave a tombar, asas já feridas,
Batendo ainda num arfar pausado…
Ó meu doce poente torturado
Rezo-te em mim, chorando, mãos erguidas!

Meu verso de Samain cheio de graça,
Inda não és clarão já és luar
Como um branco lilás que se desfaça!

Amor! Teu coração trago-o no peito…
Pulsa dentro de mim como este mar
Num beijo eterno, assim, nunca desfeito!…

SOL POENTE

Tardinha... "Ave, Maria, Mãe de Deus..."
E reza a voz dos sinos e das noras...
O sol que morre tem clarões de auroras,
Águia que bate as asas pelos céus!

Horas que têm a cor dos olhos teus...
Horas evocadoras de outras horas...
Lembranças de fantásticos outroras,
De sonhos que não tenho e que eram meus!

Horas em que as saudades p'las estradas
Inclinam as cabeças mart'rizadas
E ficam pensativas... meditando...

Morrem verbenas silenciosamente...
E o rubro sol da tua boca ardente
Vai-me a pálida boca desfolhando...

EXALTAÇÃO

Viver!... Beber o vento e o sol!... Erguer
Ao Céu os corações a palpitar!
Deus fez os nossos braços pra prender,
E a boca fez-se sangue pra beijar!

A chama, sempre rubra, ao alto, a arder!...
Asas sempre perdidas a pairar,
Mais alto para as estrelas desprender!...
A glória!... A fama!... O orgulho de criar!...

Da vida tenho o mel e tenho os travos
No lago dos meus olhos de violetas,
Nos meus beijos extáticos, pagãos!...

Trago na boca o coração dos cravos!
Boêmios, vagabundos, e poetas:
— Como eu sou vossa Irmã, ó meus Irmãos!...

CHARNECA EM FLOR
(1930)

Amar, amar, amar siempre y con todo
El ser y con la tierra y con el cielo,
Con el claro del sol y lo obscuro del lodo.
Amar por toda ciencia y amar por todo añelo.

Y cuando la montaña de la vida
Nos sea dura y larga, y alta, y llena de abismos,
Amar la inmensidad, que es de amor encendida,
Y arder en la fusión de nuestros pechos mismos…

RUBÉN DARÍO

CHARNECA EM FLOR

Enche o meu peito, num encanto mago,
O frêmito das coisas dolorosas...
Sob as urzes queimadas nascem rosas...
Nos meus olhos as lágrimas apago...

Anseio! Asas abertas! O que trago
Em mim? Eu oiço bocas silenciosas
Murmurar-me as palavras misteriosas
Que perturbam meu ser como um afago!

E, nesta febre ansiosa que me invade,
Dispo a minha mortalha, ó meu burel,
E já não sou, Amor, Soror Saudade...

Olhos a arder em êxtases de amor,
Boca a saber a sol, a fruto, a mel:
Sou a charneca rude a abrir em flor!

VERSOS DE ORGULHO

O mundo quer-me mal porque ninguém
Tem asas como eu tenho! Porque Deus
Me fez nascer Princesa entre plebeus
Numa torre de orgulho e de desdém.

Porque o meu Reino fica para além...
Porque trago no olhar os vastos céus
E os oiros e clarões são todos meus!
Porque eu sou Eu e porque Eu sou Alguém!

O mundo? O que é o mundo, ó meu Amor?
— O jardim dos meus versos todo em flor...
A seara dos teus beijos, pão bendito...

Meus êxtases, meus sonhos, meus cansaços...
— São os teus braços dentro dos meus braços,
Via Láctea fechando o Infinito.

RÚSTICA

Ser a moça mais linda do povoado,
Pisar, sempre contente, o mesmo trilho,
Ver descer sobre o ninho aconchegado
A bênção do Senhor em cada filho.

Um vestido de chita bem lavado,
Cheirando a alfazema e a tomilho...
Com o luar matar a sede ao gado,
Dar às pombas o sol num grão de milho...

Ser pura como a água da cisterna,
Ter confiança numa vida eterna
Quando descer à "terra da verdade"...

Meu Deus, dai-me esta alma, esta pobreza!
Dou por elas meu trono de Princesa,
E todos os meus Reinos de Ansiedade.

REALIDADE

Em ti o meu olhar fez-se alvorada
E a minha voz fez-se gorjeio de ninho...
E a minha rubra boca apaixonada
Teve a frescura pálida do linho...

Embriagou-me o teu beijo como um vinho
Fulvo de Espanha, em taça cinzelada...
E a minha cabeleira desatada
Pôs a teus pés a sombra dum caminho...

Minhas pálpebras são cor de verbena,
Eu tenho os olhos garços, sou morena,
E para te encontrar foi que eu nasci...

Tens sido vida fora o meu desejo
E agora, que te falo, que te vejo,
Não sei se te encontrei... se te perdi...

CONTO DE FADAS

Eu trago-te nas mãos o esquecimento
Das horas más que tens vivido, Amor!
E para as tuas chagas o unguento
Com que sarei a minha própria dor.

Os meus gestos são ondas de Sorrento...
Trago no nome as letras duma flor...
Foi dos meus olhos garços que um pintor
Tirou a luz para pintar o vento...

Dou-te o que tenho: o astro que dormita,
O manto dos crepúsculos da tarde,
O sol que é de oiro, a onda que palpita.

Dou-te, comigo, o mundo que Deus fez!
— Eu sou Aquela de quem tens saudade;
A Princesa do conto: "Era uma vez..."

A UM MORIBUNDO

Não tenhas medo, não! Tranquilamente,
Como adormece a noite pelo Outono,
Fecha os teus olhos, simples, docemente,
Como, à tarde, uma pomba que tem sono...

A cabeça reclina levemente
E os braços deixa-os ir ao abandono,
Como tombam, arfando, ao sol poente,
As asas de uma pomba que tem sono...

O que há depois? Depois?... O azul dos céus?
Um outro mundo? O eterno nada? Deus?
Um abismo? Um castigo? Uma guarida?

Que importa? Que te importa, ó moribundo?
— Seja o que for, será melhor que o mundo!
Tudo será melhor do que esta vida!...

EU

Até agora eu não me conhecia.
Julgava que era Eu e eu não era
Aquela que em meus versos descrevera
Tão clara como a fonte e como o dia.

Mas que eu não era Eu não o sabia
E, mesmo que o soubesse, o não dissera...
Olhos fitos em rútila quimera
Andava atrás de mim... e não me via!

Andava a procurar-me — pobre louca! —
E achei o meu olhar no teu olhar,
E a minha boca sobre a tua boca!

E esta ânsia de viver, que nada acalma,
É a chama da tua alma a esbrasear
As apagadas cinzas da minha alma!

PASSEIO AO CAMPO

Meu Amor! Meu Amante! Meu Amigo!
Colhe a hora que passa, hora divina,
Bebe-a dentro de mim, bebe-a comigo!
Sinto-me alegre e forte! Sou menina!

Eu tenho, Amor, a cinta esbelta e fina...
Pele doirada de alabastro antigo...
Frágeis mãos de madona florentina...
— Vamos correr e rir por entre o trigo!

Há rendas de gramíneas pelos montes...
Papoilas rubras nos trigais maduros...
Água azulada a cintilar nas fontes...

E à volta, Amor... tornemos, nas alfombras
Dos caminhos selvagens e escuros,
Num astro só as nossas duas sombras...

TARDE NO MAR

A tarde é de oiro rútilo: esbraseia.
O horizonte: um cacto purpurino.
E a vaga esbelta que palpita e ondeia,
Com uma frágil graça de menino,

Pousa o manto de arminho na areia
E lá vai, e lá segue o seu destino!
E o sol, nas casas brancas que incendeia,
Desenha mãos sangrentas de assassino!

Que linda tarde aberta sobre o mar!
Vai deitando do céu molhos de rosas
Que Apolo se entretém a desfolhar...

E, sobre mim, em gestos palpitantes,
As tuas mãos morenas, milagrosas,
São as asas do sol, agonizantes...

SE TU VIESSES VER-ME...

Se tu viesses ver-me hoje à tardinha,
A essa hora dos mágicos cansaços,
Quando a noite de manso se avizinha,
E me prendesses toda nos teus braços...

Quando me lembra: esse sabor que tinha
A tua boca... o eco dos teus passos...
O teu riso de fonte... os teus abraços...
Os teus beijos... a tua mão na minha...

Se tu viesses quando, linda e louca,
Traça as linhas dulcíssimas dum beijo
E é de seda vermelha e canta e ri

E é como um cravo ao sol a minha boca...
Quando os olhos se me cerram de desejo...
E os meus braços se estendem para ti...

MISTÉRIO

Gosto de ti, ó chuva, nos beirados,
Dizendo coisas que ninguém entende!
Da tua cantilena se desprende
Um sonho de magia e de pecados.

Dos teus pálidos dedos delicados
Uma alada canção palpita e ascende,
Frases que a nossa boca não aprende,
Murmúrios por caminhos desolados.

Pelo meu rosto branco, sempre frio,
Fazes passar o lúgubre arrepio
Das sensações estranhas, dolorosas...

Talvez um dia entenda o teu mistério...
Quando, inerte, na paz do cemitério,
O meu corpo matar a fome às rosas!

O MEU CONDÃO

Quis Deus dar-me o condão de ser sensível
Como o diamante à luz que o alumia,
Dar-me uma alma fantástica, impossível:
— Um bailado de cor e fantasia!

Quis Deus fazer de ti a ambrosia
Desta paixão estranha, ardente, incrível!
Erguer em mim o facho inextinguível,
Como um cinzel vincando uma agonia!

Quis Deus fazer-me tua… para nada!
— Vãos, os meus braços de crucificada,
Inúteis, esses beijos que te dei!

Anda! Caminha! Aonde?… Mas por onde?…
Se a um gesto dos teus a sombra esconde
O caminho de estrelas que tracei…

AS MINHAS MÃOS

As minhas mãos magritas, afiladas,
Tão brancas como a água da nascente,
Lembram pálidas rosas entornadas
Dum regaço de Infanta do Oriente.

Mãos de ninfa, de fada, de vidente,
Pobrezinhas em sedas enroladas,
Virgens mortas em luz amortalhadas
Pelas próprias mãos de oiro do sol poente.

Magras e brancas... Foram assim feitas...
Mãos de enjeitada porque tu me enjeitas...
Tão doces que elas são! Tão a meu gosto!

Pra que as quero eu — Deus! — Pra que as quero eu?!
Ó minhas mãos, aonde está o Céu?
... Aonde estão as linhas do teu rosto?

NOITINHA

A noite sobre nós se debruçou...
Minha alma ajoelha, põe as mãos e ora!
O luar, pelas colinas, nesta hora,
É água dum gomil que se entornou...

Não sei quem tanta pérola espalhou!
Murmura alguém pelas quebradas fora...
Flores do campo, humildes, mesmo agora,
A noite os olhos brandos lhes fechou...

Fumo beijando o colmo dos casais...
Serenidade idílica das fontes,
E a voz dos rouxinóis nos salgueirais...

Tranquilidade... calma... anoitecer...
Num êxtase, eu escuto pelos montes
O coração das pedras a bater...

LEMBRANÇA

Fui Essa que nas ruas esmolou,
E fui a que habitou Paços Reais;
No mármore de curvas ogivais
Fui Essa que as mãos pálidas pousou...

Tanto poeta em versos me cantou!
Fiei o linho à porta dos casais...
Fui descobrir a Índia e nunca mais
Voltei! fui essa nau que não voltou...

Tenho o perfil moreno, lusitano,
E os olhos verdes, cor do verde Oceano,
Sereia que nasceu de navegantes...

Tudo em cinzentas brumas se dilui...
Ah! quem me dera ser "Essas" que eu fui,
"As" que me lembro de ter sido... dantes!...

A NOSSA CASA

A nossa casa, Amor, a nossa casa!
Onde está ela, Amor, que não a vejo?
Na minha doida fantasia em brasa
Constrói-a, num instante, o meu desejo!

Onde está ela, Amor, a nossa casa,
O bem que neste mundo mais invejo?
O brando ninho aonde o nosso beijo
Será mais puro e doce que uma asa?

Sonho… que eu e tu, dois pobrezinhos,
Andamos de mãos dadas, nos caminhos
Duma terra de rosas, num jardim,

Num país de ilusão que nunca vi…
E que eu moro — tão bom! — dentro de ti
E tu, ó meu Amor, dentro de mim…

MENDIGA

Na vida nada tenho e nada sou;
Eu ando a mendigar pelas estradas...
No silêncio das noites estreladas
Caminho, sem saber para onde vou!

Tinha o manto do sol... quem mo roubou?!
Quem pisou minhas rosas desfolhadas?!
Quem foi que sobre as ondas revoltadas
A minha taça de oiro espedaçou?

Agora vou andando e mendigando,
Sem que um olhar dos mundos infinitos
Veja passar o verme, rastejando...

Ah! quem me dera ser como os chacais
Uivando os brados, rouquejando os gritos
Na solidão dos ermos matagais!...

SUPREMO ENLEIO

Quanta mulher no teu passado, quanta!
Tanta sombra em redor! Mas que me importa?
Se delas veio o sonho que conforta,
A sua vinda foi três vezes santa!

Erva do chão que a mão de Deus levanta,
Folhas murchas de rojo à tua porta...
Quando eu for uma pobre coisa morta,
Quanta mulher ainda! Quanta! Quanta!

Mas eu sou a manhã: apago estrelas!
Hás de ver-me, beijar-me em todas elas
Mesmo na boca da que for mais linda!

E quando a derradeira, enfim, vier,
Nesse corpo vibrante de mulher
Será o meu que hás de encontrar ainda...

TOLEDO

Diluído numa taça de oiro a arder.
Toledo é um rubi. E hoje é só nosso!
O sol a rir... Vivalma... Não esboço
Um gesto que me não sinta esvaecer...

As tuas mãos tateiam-me a tremer...
Meu corpo de âmbar, harmonioso e moço,
É como um jasmineiro em alvoroço
Ébrio de sol, de aroma, de prazer!

Cerro um pouco o olhar, onde subsiste
Um romântico apelo vago e mudo
— Um grande amor é sempre grave e triste.

Flameja ao longe o esmalte azul do Tejo...
Uma torre ergue ao céu um grito agudo...
Tua boca desfolha-me num beijo...

OUTONAL

Caem as folhas mortas sobre o lago!
Na penumbra outonal, não sei quem tece
As rendas do silêncio... Olha, anoitece!
— Brumas longínquas do País do Vago...

Veludos a ondear... Mistério mago...
Encantamento... A hora que não esquece,
A luz que a pouco e pouco desfalece,
Que lança em mim a bênção dum afago...

Outono dos crepúsculos doirados,
De púrpuras, damascos e brocados!
— Vestes a Terra inteira de esplendor!

Outono das tardinhas silenciosas,
Das magníficas noites voluptuosas
Em que soluço a delirar de amor...

SER POETA

Ser poeta é ser mais alto, é ser maior
Do que os homens! Morder como quem beija!
É ser mendigo e dar como quem seja
Rei do Reino de Aquém e de Além Dor!

É ter de mil desejos o esplendor
E não saber sequer que se deseja!
É ter cá dentro um astro que flameja,
É ter garras e asas de condor!

É ter fome, é ter sede de Infinito!
Por elmo, as manhãs de oiro e de cetim…
É condensar o mundo num só grito!

E é amar-te, assim, perdidamente…
É seres alma, e sangue, e vida em mim
E dizê-lo cantando a toda a gente!

ALVORECER

A noite empalidece. Alvorecer...
Ouve-se mais o gargalhar da fonte...
Sobre a cidade muda, o horizonte
É uma orquídea estranha a florescer.

Há andorinhas prontas a dizer
A missa de alva, mal o sol desponte.
Gritos de galos soam monte em monte
Numa intensa alegria de viver.

Passos ao longe... um vulto que se esvai...
Em cada sombra Colombina trai...
Anda o silêncio em volta a querer falar...

E o luar que desmaia, macerado,
Lembra, pálido, tonto, esfarrapado,
Um Pierrot, todo branco, a soluçar...

MOCIDADE

A mocidade esplêndida, vibrante,
Ardente, extraordinária, audaciosa,
Que vê num cardo a folha duma rosa,
Na gota de água o brilho dum diamante,

Essa que fez de mim Judeu Errante
Do espírito, a torrente caudalosa,
Dos vendavais irmã tempestuosa,
— Trago-a em mim vermelha, triunfante!

No meu sangue rubis correm dispersos:
— Chamas subindo ao alto nos meus versos,
Papoilas nos meus lábios a florir!

Ama-me doida, estonteadoramente,
Ó meu Amor! que o coração da gente
E tão pequeno... e a vida, água a fugir...

AMAR!

Eu quero amar, amar perdidamente!
Amar só por amar: Aqui... além...
Mais Este e Aquele, o Outro e toda a gente...
Amar! Amar! E não amar ninguém!

Recordar? Esquecer? Indiferente!...
Prender ou desprender? É mal? É bem?
Quem disser que se pode amar alguém
Durante a vida inteira é porque mente!

Há uma primavera em cada vida:
É preciso cantá-la assim florida,
Pois se Deus nos deu voz, foi pra cantar!

E se um dia hei de ser pó, cinza e nada
Que seja a minha noite uma alvorada,
Que me saiba perder... pra me encontrar...

NOSTALGIA

Nesse País de lenda, que me encanta,
Ficaram meus brocados, que despi,
E as joias que p'las aias reparti
Como outras rosas de Rainha Santa!

Tanta opala que eu tinha! Tanta, tanta!
Foi por lá que as semeei e que as perdi...
Mostrem-me esse País onde eu nasci!
Mostrem-me o Reino de que eu sou Infanta!

Ó meu País de sonho e de ansiedade
Não sei se esta quimera que me assombra,
É feita de mentira ou de verdade!

Quero voltar! Não sei por onde vim...
Ah! Não ser mais que a sombra duma sombra
Por entre tanta sombra igual a mim!

AMBICIOSA

Para aqueles fantasmas que passaram,
Vagabundos a quem jurei amar,
Nunca os meus braços lânguidos traçaram
O voo dum gesto para os alcançar...

Se as minhas mãos em garra se cravaram
Sobre um amor em sangue a palpitar...
— Quantas panteras bárbaras mataram
Só pelo raro gosto de matar!

Minha alma é como a pedra funerária
Erguida na montanha solitária
Interrogando a vibração dos céus!

O amor dum homem? — Terra tão pisada,
Gota de chuva ao vento baloiçada...
Um homem? — Quando eu sonho o amor de um deus!...

CRUCIFICADA

Amiga... noiva... irmã... o que quiseres!
Por ti, todos os céus terão estrelas,
Por teu amor, mendiga, hei de merecê-las
Ao beijar a esmola que me deres.

Podes amar até outras mulheres!
— Hei de compor, sonhar palavras belas,
Lindos versos de dor só para elas,
Para em lânguidas noites lhes dizeres!

Crucificada em mim, sobre os meus braços,
Hei de poisar a boca nos teus passos
Pra não serem pisados por ninguém.

E depois... Ah! Depois de dores tamanhas
Nascerás outra vez de outras entranhas,
Nascerás outra vez de uma outra Mãe!

ESPERA...

Não me digas adeus, ó sombra amiga,
Abranda mais o ritmo dos teus passos;
Sente o perfume da paixão antiga,
Dos nossos bons e cândidos abraços!

Sou a dona dos místicos cansaços,
A fantástica e estranha rapariga
Que um dia ficou presa nos teus braços...
Não vás ainda embora, ó sombra amiga!

Teu amor fez de mim um lago triste:
Quantas ondas a rir que não lhe ouviste,
Quanta canção de ondinas lá no fundo!

Espera... espera... ó minha sombra amada
Vê que pra além de mim já não há nada
E nunca mais me encontras neste mundo!...

INTERROGAÇÃO

Neste tormento inútil, neste empenho
De tornar em silêncio o que em mim canta,
Sobem-me roucos brados à garganta
Num clamor de loucura que contenho.

Ó alma da charneca sacrossanta,
Irmã da alma rútila que eu tenho,
Dize para onde eu vou, donde é que venho
Nesta dor que me exalta e me alevanta!

Visões de mundos novos, de infinitos,
Cadências de soluços e de gritos,
Fogueira a esbrasear que me consome!

Dize que mão é esta que me arrasta?
Nódoa de sangue que palpita e alastra...
Dize de que é que eu tenho sede e fome?!

VOLÚPIA

No divino impudor da mocidade,
Nesse êxtase pagão que vence a sorte,
Num frêmito vibrante de ansiedade,
Dou-te o meu corpo prometido à morte!

A sombra entre a mentira e a verdade...
A nuvem que arrastou o vento norte...
— Meu corpo! Trago nele um vinho forte:
Meus beijos de volúpia e de maldade!

Trago dálias vermelhas no regaço...
São os dedos do sol quando te abraço,
Cravados no teu peito como lanças!

E do meu corpo os leves arabescos
Vão-te envolvendo em círculos dantescos
Felinamente, em voluptuosas danças...

FILTRO

Meu Amor, não é nada: sons marinhos
Numa concha vazia, choro errante...
Ah! olhos que não choram! Pobrezinhos...
Não há luz neste mundo que os levante!

Eu andarei por ti os maus caminhos
E as minhas mãos, abertas a diamante,
Hão de crucificar-se nos espinhos
Quando o meu peito for o teu mirante!

Para que corpos vis te não desejem,
Hei de dar-te o meu corpo e a boca minha
Pra que bocas impuras te não beijem!

Como quem roça um lago que sonhou,
Minhas cansadas asas de andorinha
Hão de prender-te todo num só voo...

MAIS ALTO

Mais alto, sim! mais alto, mais além
Do sonho, onde morar a dor da vida,
Até sair de mim! Ser a Perdida,
A que se não encontra! Aquela a quem

O mundo não conhece por Alguém!
Ser orgulho, ser águia na subida,
Até chegar a ser, entontecida,
Aquela que sonhou o meu desdém!

Mais alto, sim! Mais alto! A Intangível
Turris Ebúrnea erguida nos espaços,
A rutilante luz dum impossível!

Mais alto, sim! Mais alto! Onde couber
O mal da vida dentro dos meus braços,
Dos meus divinos braços de Mulher!

NERVOS DE OIRO

Meus nervos, guizos de oiro a tilintar
Cantam-me na alma a estranha sinfonia
Da volúpia, da mágoa e da alegria,
Que me faz rir e que me faz chorar!

Em meu corpo fremente sem cessar,
Agito os guizos de oiro da folia!
A Quimera, a Loucura, a Fantasia,
Num rubro turbilhão sinto-As passar!

O coração, numa imperial oferta,
Ergo-o ao alto! E, sobre a minha mão,
É uma rosa de púrpura, entreaberta!

E em mim, dentro de mim, vibram dispersos
Meus nervos de oiro, esplêndidos, que são
Toda a Arte suprema dos meus versos!

A VOZ DA TÍLIA

Diz-me a tília a cantar: "Eu sou sincera,
Eu sou isto que vês: o sonho, a graça;
Deu ao meu corpo, o vento, quando passa,
Este ar escultural de bayadera...

E de manhã o sol é uma cratera,
Uma serpente de oiro que me enlaça...
Trago nas mãos as mãos da Primavera...
E é para mim que em noites de desgraça

Toca o vento Mozart, triste e solene,
E à minha alma vibrante, posta a nu,
Diz a chuva sonetos de Verlaine..."

E, ao ver-me triste, a tília murmurou:
"Já fui um dia poeta como tu...
Ainda hás de ser tília como eu sou..."

NÃO SER

Quem me dera voltar à inocência
Das coisas brutas, sãs, inanimadas,
Despir o vão orgulho, a incoerência:
— Mantos rotos de estátuas mutiladas!

Ah! Arrancar às carnes laceradas
Seu mísero segredo de consciência!
Ah! Poder ser apenas florescência
De astros em puras noites deslumbradas!

Ser nostálgico choupo ao entardecer,
De ramos graves, plácidos, absortos
Na mágica tarefa de viver!

Ser haste, seiva, ramaria inquieta,
Erguer ao sol o coração dos mortos
Na urna de oiro duma flor aberta!...

?

Quem fez ao sapo o leito carmesim
De rosas desfolhadas à noitinha?
E quem vestiu de monja a andorinha,
E perfumou as sombras do jardim?

Quem cinzelou estrelas no jasmim?
Quem deu esses cabelos de rainha
Ao girassol? Quem fez o mar? E a minha
Alma a sangrar? Quem me criou a mim?

Quem fez os homens e deu vida aos lobos?
Santa Teresa em místicos arroubos?
Os monstros? E os profetas? E o luar?

Quem nos deu asas para andar de rastros?
Quem nos deu olhos para ver os astros
— Sem nos dar braços para os alcançar?

IN MEMORIAM

> *Ao meu morto querido*

Na cidade de Assis, "il Poverello"
Santo, três vezes santo, andou pregando
Que o Sol, a Terra, a flor, o rocio brando,
Da pobreza o tristíssimo flagelo,

Tudo quanto há de vil, quanto há de belo,
Tudo era nosso irmão! — E assim sonhando,
Pelas estradas da Umbria foi forjando
Da cadeia do amor o maior elo!

"Olha o nosso irmão Sol, nossa irmã Água..."
Ah! Poverello! Em mim, essa lição
Perdeu-se como vela em mar de mágoa

Batida por furiosos vendavais!
— Eu fui na vida a irmã de um só Irmão,
E já não sou a irmã de ninguém mais!

ÁRVORES DO ALENTEJO

Ao prof. Guido Battelli

Horas mortas... Curvadas aos pés do Monte
A planície é um brasido... e, torturadas,
As árvores sangrentas, revoltadas,
Gritam a Deus a bênção duma fonte!

E quando, manhã alta, o sol posponte
A oiro a giesta, a arder, pelas estradas,
Esfíngicas, recortam desgrenhadas
Os trágicos perfis no horizonte!

Árvores! Corações, almas que choram,
Almas iguais à minha, almas que imploram
Em vão remédio para tanta mágoa!

Árvores! Não choreis! Olhai e vede:
— Também ando a gritar, morta de sede,
Pedindo a Deus a minha gota de água!

QUEM SABE?...

Ao Ângelo

Queria tanto saber por que sou Eu!
Quem me enjeitou neste caminho escuro?
Queria tanto saber por que seguro
Nas minhas mãos o bem que não é meu!

Quem me dirá se, lá no alto, o Céu
Também é para o mau, para o perjuro?
Para onde vai a alma, que morreu?
Queria encontrar Deus! Tanto o procuro!

A estrada de Damasco, o meu caminho,
O meu bordão de estrelas de ceguinho,
Água da fonte de que estou sedenta!

Quem sabe se este anseio de Eternidade,
A tropeçar na sombra, é a Verdade,
É já a mão de Deus que me acalenta?

A MINHA PIEDADE

Ao Bourbon e Menêses

Tenho pena de tudo quanto lida
Neste mundo, de tudo quanto sente,
Daquele a quem mentiram, de quem mente,
Dos que andam pés descalços pela vida;

Da rocha altiva, sobre o monte erguida,
Olhando os Céus ignotos frente a frente;
Dos que não são iguais à outra gente,
E dos que se ensanguentam na subida!

Tenho pena de mim... pena de ti...
De não beijar o riso duma estrela...
Pena dessa má hora em que nasci...

De não ter asas para ir ver o Céu...
De não ser Esta... a Outra... e mais Aquela...
De ter vivido, e não ter sido Eu...

SOU EU!

À Laura Chaves

Pelos campos em fora, pelos combros,
Pelos montes que embalam a manhã,
Largo os meus rubros sonhos de pagã,
Enquanto as aves poisam nos meus ombros...

Em vão me sepultaram entre escombros
De catedrais de uma escultura vã!
Olha-me o loiro sol tonto de assombros,
E as nuvens, a chorar, chamam-me irmã!

Ecos longínquos de ondas... de universos...
Ecos de um mundo... de um distante Além,
De onde eu trouxe a magia dos meus versos!

Sou eu! Sou eu! A que nas mãos ansiosas
Prendeu da vida, assim como ninguém,
Os maus espinhos sem tocar nas rosas!

PANTEÍSMO

Ao Boto de Carvalho

Tarde de brasa a arder, sol de Verão
Cingindo, voluptuoso, o horizonte...
Sinto-me luz e cor, ritmo e clarão
De um verso triunfal de Anacreonte!

Vejo-me asa no ar, erva no chão,
Oiço-me gota de água a rir, na fonte,
E a curva altiva e dura do Marão
É o meu corpo transformado em monte!

E de bruços na terra penso e cismo
Que, neste meu ardente panteísmo,
Nos meus sentidos postos, absortos

Nas coisas luminosas deste mundo,
A minha alma é o túmulo profundo
Onde dormem, sorrindo, os deuses mortos!

POBRE DE CRISTO

A José Emídio Amaro

Ó minha terra na planície rasa,
Branca de sol e cal e de luar,
Minha terra que nunca viste o mar,
Onde tenho o meu pão e a minha casa.

Minha terra de tardes sem uma asa,
Sem um bater de folhas... a dormitar...
Meu anel de rubis a flamejar,
Minha terra moirisca a arder em brasa!

Minha terra onde meu irmão nasceu
Aonde a mãe que eu tive e que morreu
Foi moça e loira, amou e foi amada!

Truz... Truz... Truz... — Eu não tenho onde me acoite,
Sou um pobre de longe, é quase noite,
Terra, quero dormir, dá-me pousada!...

A UMA RAPARIGA

À Nice

Abre os olhos e encara a vida! A sina
Tem que cumprir-se! Alarga os horizontes!
Por sobre lamaçais alteia pontes
Com tuas mãos preciosas de menina.

Nessa estrada da vida que fascina
Caminha sempre em frente, além dos montes!
Morde os frutos a rir! Bebe nas fontes!
Beija aqueles que a sorte te destina!

Trata por tu a mais longínqua estrela,
Escava com as mãos a própria cova
E depois, a sorrir, deita-te nela!

Que as mãos da terra façam, com amor,
Da graça do teu corpo, esguia e nova,
Surgir à luz a haste de uma flor!...

MINHA CULPA

A Artur Ledesma

Sei lá! Sei lá! Eu sei lá bem
Quem sou? Um fogo-fátuo, uma miragem...
Sou um reflexo... um canto de paisagem
Ou apenas cenário! Um vaivém

Como a sorte: hoje aqui, depois além!
Sei lá quem sou? Sei lá! Sou a roupagem
De um doido que partiu numa romagem
E nunca mais voltou! Eu sei lá quem!...

Sou um verme que um dia quis ser astro...
Uma estátua truncada de alabastro...
Uma chaga sangrenta do Senhor...

Sei lá quem sou?! Sei lá! Cumprindo os fados,
Num mundo de maldades e pecados,
Sou mais um mau, sou mais um pecador...

TEUS OLHOS

Olhos do meu Amor! Infantes loiros
Que trazem os meus presos, endoidados!
Neles deixei, um dia, os meus tesoiros:
Meus anéis, minhas rendas, meus brocados.

Neles ficaram meus palácios moiros,
Meus carros de combate, destroçados,
Os meus diamantes, todos os meus oiros
Que trouxe d'Além-Mundos ignorados!

Olhos do meu Amor! Fontes... cisternas...
Enigmáticas campas medievais...
Jardins de Espanha... catedrais eternas...

Berço vindo do Céu à minha porta...
Ó meu leito de núpcias irreais!...
Meu suntuoso túmulo de morta!...

He hum não querer mais que bem querer.
CAMÕES

I

Gosto de ti apaixonadamente,
De ti que és a vitória, a salvação,
De ti que me trouxeste pela mão
Até ao brilho desta chama quente.

A tua linda voz de água corrente
Ensinou-me a cantar... e essa canção
Foi ritmo nos meus versos de paixão,
Foi graça no meu peito de descrente.

Bordão a amparar minha cegueira,
Da noite negra o mágico farol,
Cravos rubros a arder numa fogueira!

E eu, que era neste mundo uma vencida,
Ergo a cabeça ao alto, encaro o Sol!
— Águia real, apontas-me a subida!

II

Meu amor, meu Amado, vê... repara:
Pousa os teus lindos olhos de oiro em mim,
— Dos meus beijos de amor Deus fez-me avara
Para nunca os contares até ao fim.

Meus olhos têm tons de pedra rara
— É só para teu bem que os tenho assim —
E as minhas mãos são fontes de água clara
A cantar sobre a sede dum jardim.

Sou triste como a folha ao abandono
Num parque solitário, pelo Outono,
Sobre um lago onde vogam nenúfares...

Deus fez-me atravessar o teu caminho...
— Que contas dás a Deus indo sozinho,
Passando junto a mim, sem me encontrares? —

III

Frêmito do meu corpo a procurar-te,
Febre das minhas mãos na tua pele
Que cheira a âmbar, a baunilha e a mel,
Doido anseio dos meus braços a abraçar-te,

Olhos buscando os teus por toda a parte,
Sede de beijos, amargor de fel,
Estonteante fome, áspera e cruel,
Que nada existe que a mitigue e a farte!

E vejo-te tão longe! Sinto a tua alma
Junto da minha, uma lagoa calma,
A dizer-me, a cantar que me não amas...

E o meu coração que tu não sentes,
Vai boiando ao acaso das correntes,
Esquife negro sobre um mar de chamas...

IV

És tu! És tu! Sempre vieste, enfim!
Oiço de novo o riso dos teus passos!
És tu que eu vejo a estender-me os braços
Que Deus criou pra me abraçar a mim!

Tudo é divino e santo visto assim...
Foram-se os desalentos, os cansaços...
O mundo não é mundo: é um jardim!
Um céu aberto: longes, os espaços!

Prende-me toda, Amor, prende-me bem!
Que vês tu em redor? Não há ninguém!
A Terra? — Um astro morto que flutua...

Tudo o que é chama a arder, tudo o que sente,
Tudo o que é vida e vibra eternamente
É tu seres meu, Amor, e eu ser tua!

V

Dize-me, Amor, como te sou querida,
Conta-me a glória do teu sonho eleito,
Aninha-me a sorrir junto ao teu peito,
Arranca-me dos pântanos da vida.

Embriagada numa estranha lida,
Trago nas mãos o coração desfeito.
Mostra-me a luz, ensina-me o preceito
Que me salve e levante redimida!

Nesta negra cisterna em que me afundo,
Sem quimeras, sem crenças, sem ternura,
Agonia sem fé dum moribundo,

Grito o teu nome numa sede estranha,
Como se fosse, Amor, toda a frescura
Das cristalinas águas da montanha!

VI

Falo de ti às pedras das estradas,
E ao sol que é loiro como o teu olhar,
Falo ao rio, que desdobra a faiscar,
Vestidos de Princesas e de Fadas;

Falo às gaivotas de asas desdobradas,
Lembrando lenços brancos a acenar,
E aos mastros que apunhalam o luar
Na solidão das noites consteladas;

Digo os anseios, os sonhos, os desejos
De onde a tua alma, tonta de vitória,
Levanta ao céu a torre dos meus beijos!

E os meus gritos de amor, cruzando o espaço,
Sobre os brocados fúlgidos da glória,
São astros que me tombam do regaço!

VII

São mortos os que nunca acreditaram
Que esta vida é somente uma passagem,
Um atalho sombrio, uma paisagem
Onde os nossos sentidos se pousaram.

São mortos os que nunca alevantaram
De entre escombros a Torre de Menagem
Dos seus sonhos de orgulho e de coragem,
E os que não riram e os que não choraram.

Que Deus faça de mim, quando eu morrer,
Quando eu partir para o País da Luz,
A sombra calma de um entardecer,

Tombando, em doces pregas de mortalha,
Sobre o teu corpo heroico, posto em cruz,
Na solidão dum campo de batalha!

VIII

Abrir os olhos, procurar a luz,
De coração erguido no alto, em chama,
Que tudo neste mundo se reduz
A ver os astros cintilar na lama!

Amar o sol da glória e a voz da fama
Que em clamorosos gritos se traduz!
Com misericórdia, amar quem nos não ama,
E deixar que nos preguem numa cruz!

Sobre um sonho desfeito erguer a torre
Doutro sonho mais alto e, se esse morre
Mais outro e outro ainda, toda a vida!

Que importa que nos vençam desenganos,
Se pudermos contar os nossos anos
Assim como degraus duma subida?

IX

Perdi os meus fantásticos castelos
Como névoa distante que se esfuma...
Quis vencer, quis lutar, quis defendê-los:
Quebrei as minhas lanças uma a uma!

Perdi minhas galeras entre os gelos
Que se afundaram sobre um mar de bruma...
— Tantos escolhos! Quem podia vê-los?
Deitei-me ao mar e não salvei nenhuma!

Perdi a minha taça, o meu anel,
A minha cota de aço, o meu corcel,
Perdi meu elmo de oiro e pedrarias...

Sobem-me aos lábios súplicas estranhas...
Sobre o meu coração pesam montanhas...
Olho assombrada as minhas mãos vazias...

X

Eu queria mais altas as estrelas,
Mais largo o espaço, o Sol mais criador,
Mais refulgente a Lua, o mar maior,
Mais cavadas as ondas e mais belas;

Mais amplas, mais rasgadas as janelas
Das almas, mais rosais a abrir em flor,
Mais montanhas, mais asas de condor,
Mais sangue sobre a cruz das caravelas!

E abrir os braços e viver a vida:
— Quanto mais funda e lúgubre a descida,
Mais alta é a ladeira que não cansa!

E, acabada a tarefa... em paz, contente,
Um dia adormecer, serenamente,
Como dorme no berço uma criança!

RELIQUIAE
(1931)

ÉVORA

> *Ao amigo vindo da*
> *luminosa Itália, a minha cidade,*
> *como eu soturno e triste...*

Évora! Ruas ermas sob os céus
Cor de violetas roxas... Ruas frades
Pedindo em triste penitência a Deus
Que nos perdoe as míseras vaidades!

Tenho corrido em vão tantas cidades!
E só aqui recordo os beijos teus,
E só aqui eu sinto que são meus
Os sonhos que sonhei noutras idades!

Évora! O teu olhar... e teu perfil...
Tua boca sinuosa, um mês de Abril,
Que o coração no peito me alvoroça!

... Em cada viela o vulto dum fantasma...
E a minh'alma soturna escuta e pasma...
E sente-se passar *menina e moça*...

À JANELA DE GARCIA DE RESENDE

Janela antiga sobre a rua plana...
Ilumina-a o luar com seu clarão...
Dantes, a descansar de luta insana,
Fui, talvez, flor no poético balcão...

Dantes! Da minha glória altiva e ufana,
Talvez... Quem sabe?... Tonto de ilusão,
Meu rude coração de alentejana
Me palpitasse ao luar nesse balcão...

Mística dona, em outras Primaveras,
Em refulgentes horas de outras eras,
Vi passar o cortejo ao sol doirado...

Bandeiras! Pajens! O pendão real!
E na tua mão, vermelha, triunfal,
Minha divisa: um coração chagado!...

O MEU IMPOSSÍVEL

Minh'alma ardente é uma fogueira acesa
É um brasido enorme a crepitar!
Ânsia de procurar sem encontrar
A chama onde queimar uma incerteza!

Tudo é vago e incompleto! E o que mais pesa
É nada ser perfeito. É deslumbrar
A noite tormentosa até cegar,
E tudo ser em vão! Deus, que tristeza!...

Aos meus irmãos na dor já disse tudo
E não me compreenderam!... Vão e mudo
Foi tudo o que entendi e o que pressinto...

Mas se eu pudesse a mágoa que em mim chora
Contar, não a chorava como agora,
Irmãos, não a sentia como a sinto!...

EM VÃO

Passo triste na vida e triste sou,
Um pobre a quem jamais quiseram bem!
Um caminhante exausto que passou,
Que não diz onde vai nem donde vem.

Ah! Sem piedade, a rir, tanto desdém
A flor da minha boca desdenhou!
Solitário convento onde ninguém
A silenciosa cela procurou!

E eu quero bem a tudo, a toda a gente...
Ando a amar assim, perdidamente,
A acalentar o mundo nos meus braços!

E tem passado, em vão, a mocidade
Sem que no meu caminho uma saudade
Abra em flores a sombra dos meus passos!

VOZ QUE SE CALA

Amo as pedras, os astros e o luar
Que beija as ervas do atalho escuro,
Amo as águas de anil e o doce olhar
Dos animais, divinamente puro.

Amo a hera que entende a voz do muro
E dos sapos, o brando tilintar
De cristais que se afagam devagar,
E da minha charneca o rosto duro.

Amo todos os sonhos que se calam
De corações que sentem e não falam,
Tudo o que é Infinito e pequenino!

Asa que nos protege a todos nós!
Soluço imenso, eterno, que é a voz
Do nosso grande e mísero Destino!...

PARA QUÊ?

Ao velho amigo João

Para que ser o musgo do rochedo
Ou urze atormentada da montanha?
Se a arranca a ansiedade e o medo
E este enleio e esta angústia estranha

E todo este feitiço e este enredo
Do nosso próprio peito? E é tamanha
E tão profunda a gente que o segredo
Da vida como um grande mar nos banha?

Pra que ser asa quando a gente voa,
De que serve ser cântico se entoa
Toda a canção de amor do Universo?

Para que ser altura e ansiedade,
Se se pode gritar uma Verdade
Ao mundo vão nas sílabas dum verso?

SONHO VAGO

Um sonho alado que nasceu um instante,
Erguido ao alto em horas de demência...
Gotas de água que tombam em cadência
Na minh'alma tristíssima, distante...

Onde está ele, o Desejado? O Infante?
O que há de vir e amar-me em doida ardência?
O das horas de mágoa e penitência?
O Príncipe Encantado? O Eleito? O Amante?

E neste sonho eu já nem sei quem sou...
O brando marulhar dum longo beijo
Que não chegou a dar-se e que passou...

Um fogo-fátuo rútilo, talvez...
E eu ando a procurar-te e já te vejo!
E tu já me encontraste e não me vês!...

PRIMAVERA

É Primavera agora, meu Amor!
O campo despe a veste de estamenha;
Não há árvore nenhuma que não tenha
O coração aberto, todo em flor!

Ah! Deixa-te vogar, calmo, ao sabor
Da vida... não há bem que nos não venha
Dum mal que o nosso orgulho em vão desdenha!
Não há bem que não possa ser melhor!

Também despi meu triste burel pardo.
E agora cheiro a rosmaninho e a nardo
E ando agora tonta, à tua espera...

Pus rosas cor-de-rosa em meus cabelos...
Parecem um rosal! Vem desprendê-los!
Meu Amor, meu Amor, é Primavera!...

BLASFÊMIA

Silêncio, meu Amor, não digas nada!
Cai a noite nos longes donde vim...
Toda eu sou alma e amor, sou um jardim,
Um pátio alucinante de Granada!

Dos meus cílios a sombra enluarada,
Quando os teus olhos descem sobre mim,
Traça trêmulas hastes de jasmim
Na palidez da face extasiada!

Sou no teu rosto a luz que o alumia,
Sou a expressão das tuas mãos de raça,
E os beijos que me dás já foram meus!

Em ti sou Glória, Altura e Poesia!
E vejo-me — milagre cheio de graça! —
Dentro de ti, em ti igual a Deus!...

O TEU OLHAR

Passam no teu olhar nobres cortejos,
Frotas, pendões ao vento sobranceiros,
Lindos versos de antigos romanceiros,
Céus do Oriente, em brasa, como beijos,

Mares onde não cabem teus desejos;
Passam no teu olhar mundos inteiros,
Todo um povo de heróis e marinheiros,
Lanças nuas em rútilos lampejos;

Passam lendas e sonhos e milagres!
Passa a Índia, a visão do Infante em Sagres,
Em centelhas de crença e de certeza!

E ao sentir-te tão grande, ao ver-te assim,
Amor, julgo trazer dentro de mim
Um pedaço da terra portuguesa!

NOITE DE CHUVA

Chuva... Que gotas grossas!... Vem ouvir:
Uma... duas... mais outra que desceu...
É Viviana, é Melusina, a rir,
São rosas brancas dum rosal do Céu...

Os lilases deixaram-se dormir...
Nem um frêmito... a terra emudeceu...
Amor! Vem ver estrelas a cair:
Uma... duas... mais outra que desceu...

Fala baixo, juntinho ao meu ouvido,
Que essa fala de amor seja um gemido,
Um murmúrio, um soluço, um ai desfeito...

Ah! deixa à noite o seu encanto triste!
E a mim... o teu amor que mal existe,
Chuva a cair na noite do meu peito!

TARDE DE MÚSICA

Só Schumann, meu Amor! Serenidade...
Não assustes os sonhos... Ah! não varras
As quimeras... Amor, senão esbarras
Na minha vaga imaterialidade...

Liszt, agora o brilhante; o piano arde...
Beijos alados... ecos de fanfarras...
Pétalas dos teus dedos feitos garras...
Como cai em pó de oiro o ar da tarde!

Eu olhava para ti... "é lindo! Ideal!"
Gemeram nossas vozes confundidas.
— Havia rosas cor-de-rosa aos molhos —

Falavas de Liszt e eu... da musical
Harmonia das pálpebras descidas,
Do ritmo dos teus cílios sobre os olhos...

CHOPIN

Não se acende hoje a luz... Todo o luar
Fique lá fora. Bem Aparecidas
As estrelas miudinhas, dando no ar
As voltas dum cordão de margaridas!

Entram falenas meio entontecidas...
Lusco-fusco... um morcego a palpitar
Passa... torna a passar... torna a passar...
As coisas têm o ar de adormecidas...

Mansinho... Roça os dedos p'lo teclado,
No vago arfar que tudo alteia e doira,
Alma, Sacrário de Almas, meu Amado!

E, enquanto o piano a doce queixa exala,
Divina e triste, a grande sombra loira
Vem para mim da escuridão da sala.

O MEU DESEJO

Vejo-te só a ti no azul dos céus,
Olhando a nuvem de oiro que flutua...
Ó minha perfeição que criou Deus
E que num dia lindo me fez sua!

Nos vultos que diviso pela rua,
Que cruzam os seus passos com os meus...
Minha boca tem fome só da tua!
Meus olhos têm sede só dos teus!

Sombra da tua sombra, doce e calma,
Sou a grande quimera da tua alma
E, sem viver, ando a viver contigo...

Deixa-me andar assim no teu caminho
Por toda a vida, Amor, devagarinho,
Até a Morte me levar consigo...

ESCRAVA

Ó meu Deus, ó meu dono, ó meu senhor,
Eu te saúdo, olhar do meu olhar,
Fala da minha boca a palpitar,
Gesto das minhas mãos tontas de amor!

Que te seja propício o astro e a flor,
Que a teus pés se incline a Terra e o Mar,
P'los séculos dos séculos sem par,
Ó meu Deus, ó meu dono, ó meu senhor!

Eu, doce e humilde escrava, te saúdo,
E, de mãos postas, em sentida prece,
Canto teus olhos de oiro e de veludo.

Ah! esse verso imenso de ansiedade,
Esse verso de amor que te fizesse
Ser eterno por toda a eternidade!...

DIVINO INSTANTE

Ser uma pobre morta inerte e fria,
Hierática, deitada sob a terra,
Sem saber se no mundo há paz ou guerra,
Sem ver nascer, sem ver morrer o dia;

Luz apagada ao alto e que alumia,
Boca fechada à fala que não erra,
Urna de bronze que a Verdade encerra,
Ah! ser Eu essa morta inerte e fria!

Ah! fixar o efêmero! Esse instante
Em que o teu beijo sôfrego de amante
Queima o meu corpo frágil de âmbar loiro;

Ah! fixar o momento em que, dolente,
Tuas pálpebras descem, lentamente,
Sobre a vertigem dos teus olhos de oiro!

SILÊNCIO!...

No fadário que é meu, neste penar,
Noite alta, noite escura, noite morta,
Sou o vento que geme e quer entrar,
Sou o vento que vai bater-te à porta...

Vivo longe de ti, mas que me importa?
Se eu já não vivo em mim! Ando a vaguear
Em roda à tua casa, a procurar
Beber-te a voz, apaixonada, absorta!

Estou junto de ti e não me vês...
Quantas vezes no livro que tu lês
Meu olhar se pousou e se perdeu!

Trago-te como um filho nos meus braços!
E na tua casa... Escuta!... Uns leves passos...
Silêncio, meu Amor!... Abre! Sou eu!...

O MAIOR BEM

Este querer-te bem sem me quereres,
Este sofrer por ti constantemente,
Andar atrás de ti sem tu me veres
Faria piedade a toda a gente.

Mesmo a beijar-me, a tua boca mente...
Quantos sangrentos beijos de mulheres
Pousa na minha a tua boca ardente,
E quanto engano nos seus vãos dizeres!...

Mas que me importa a mim que me não queiras,
Se esta pena, esta dor, estas canseiras,
Este mísero pungir, árduo e profundo,

Do teu frio desamor, dos teus desdéns,
É na vida, o mais alto dos meus bens?
É tudo quanto eu tenho neste mundo?

OS MEUS VERSOS

Rasga esses versos que eu te fiz, Amor!
Deita-os ao nada, ao pó, ao esquecimento,
Que a cinza os cubra, que os arraste o vento,
Que a tempestade os leve aonde for!

Rasga-os na mente, se os souberes de cor,
Que volte ao nada o nada de um momento!
Julguei-me grande pelo sentimento,
E pelo orgulho ainda sou maior!...

Tanto verso já disse o que eu sonhei!
Tantos penaram já o que eu penei!
Asas que passam, todo o mundo as sente...

Rasgas os meus versos... Pobre endoidecida!
Como se um grande amor cá nesta vida
Não fosse o mesmo amor de toda a gente!...

AMOR QUE MORRE

O nosso amor morreu... Quem o diria!
Quem o pensara mesmo ao ver-me tonta,
Ceguinha de te ver, sem ver a conta
Do tempo que passava, que fugia!

Bem estava a sentir que ele morria...
E outro clarão, ao longe, já desponta!
Um engano que morre... e logo aponta
A luz doutra miragem fugidia...

Eu bem sei, meu Amor, que pra viver
São precisos amores, pra morrer,
E são precisos sonhos pra partir.

E bem sei, meu Amor, que era preciso
Fazer do amor que parte o claro riso
De outro amor impossível que há de vir!

SOBRE A NEVE

Sobre mim, teu desdém pesado jaz
Como um manto de neve... Quem dissera
Porque tombou em plena Primavera
Toda essa neve que o Inverno traz!

Coroavas-me inda há pouco de lilás
E de rosas silvestres... quando eu era
Aquela que o Destino prometera
Aos teus rútilos sonhos de rapaz!

Dos beijos que me deste não te importas,
Asas paradas de andorinhas mortas...
Folhas de Outono e correria louca...

Mas inda um dia, em mim, ébrio de cor,
Há de nascer um roseiral em flor
Ao sol de Primavera doutra boca!

EU NÃO SOU DE NINGUÉM...

....
....
....
....

Eu não sou de ninguém!... Quem me quiser
Há de ser luz do Sol em tardes quentes;
Nos olhos de água clara há de trazer
As fúlgidas pupilas dos videntes!

Há de ser seiva no botão repleto
Voz no murmúrio do pequeno inseto,
Vento que enfuna as velas sobre os mastros!...

Há de ser Outro e Outro num momento!
Força viva, brutal, em movimento,
Astro arrastando catadupas de astros!

VÃO ORGULHO

Neste mundo vaidoso o amor é nada,
É um orgulho a mais, outra vaidade,
A coroa de loiros desfolhada
Com que se espera a Imortalidade.

Ser Beatriz! Natércia! Irrealidade...
Mentira... Engano de alma desvairada...
Onde está desses braços a verdade,
Essa fogueira em cinzas apagada?...

Mentira! Não te quis... não me quiseste...
Eflúvios sutis dum bem celeste?
Gestos... palavras sem nenhum condão...

Mentira! Não fui tua... não! Somente...
Quis ser mais do que sou, mais do que gente,
No alto orgulho de o ter sido em vão!

ÚLTIMO SONHO DE "SOROR SAUDADE"

Àquele que se perdera no caminho...

Soror Saudade abriu a sua cela...
E, num encanto que ninguém traduz,
Despiu o manto negro que era dela,
Seu vestido de noiva de Jesus.

E a noite escura, extasiada, ao vê-la,
As brancas mãos no peito quase em cruz,
Teve um brilhar feérico de estrela
Que se esfolhasse em pétalas de luz!

Soror Saudade olhou... Que olhar profundo
Que sonha e espera?... Ah! como é feio o mundo,
E os homens vãos! — Então, devagarinho,

Soror Saudade entrou no seu convento...
E, até morrer, rezou, sem um lamento,
Por *Um* que se perdera no caminho!...

ESQUECIMENTO

Esse de quem eu era e que era meu,
Que foi um sonho e foi realidade,
Que me vestiu a alma de saudade,
Para sempre de mim desapareceu.

Tudo em redor então escureceu,
E foi longínqua toda a claridade!
Ceguei... tateio sombras... que ansiedade!
Apalpo cinzas porque tudo ardeu!

Descem em mim poentes de Novembro...
A sombra dos meus olhos, a escurecer...
Veste de roxo e negro os crisântemos...

E desse que era meu já me não lembro...
Ah! a doce agonia de esquecer
A lembrar doidamente o que esquecemos!...

LOUCURA

Tudo cai! Tudo tomba! Derrocada
Pavorosa! Não sei onde era dantes.
Meu solar, meus palácios, meus mirantes!
Não sei de nada, Deus, não sei de nada!...

Passa em tropel febril a cavalgada
Das paixões e loucuras triunfantes!
Rasgam-se as sedas, quebram-se os diamantes!
Não tenho nada, Deus, não tenho nada!...

Pesadelos de insônia, ébrios de anseio!
Loucura a esboçar-se, a enegrecer
Cada vez mais as trevas do meu seio!

Ó pavoroso mal de ser sozinha!
Ó pavoroso e atroz mal de trazer
Tantas almas a rir dentro da minha!

DEIXAI ENTRAR A MORTE

Deixai entrar a Morte, a Iluminada,
A que vem pra mim, pra me levar.
Abri todas as portas par em par
Como asas a bater em revoada.

Que sou eu neste mundo? A deserdada,
A que prendeu nas mãos todo o luar,
A vida inteira, o sonho, a terra, o mar,
E que, ao abri-las, não encontrou nada!

Ó Mãe! Ó minha Mãe, pra que nasceste?
Entre agonias e em dores tamanhas
Pra que foi, dize lá, que me trouxeste

Dentro de ti?... Pra que tivesse sido
Somente o fruto amargo das entranhas
Dum lírio que em má hora foi nascido!...

À MORTE

Morte, minha Senhora Dona Morte,
Tão bom que deve ser o teu abraço!
Lânguido e doce como um doce laço
E, como uma raiz, sereno e forte.

Não há mal que não sare ou não conforte
Tua mão que nos guia passo a passo,
Em ti, dentro de ti, no teu regaço
Não há triste destino nem má sorte.

Dona Morte dos dedos de veludo,
Fecha-me os olhos que já viram tudo!
Prende-me as asas que voaram tanto!

Vim da Moirama, sou filha de rei,
Má fada me encantou e aqui fiquei
À tua espera... quebra-me o encanto!

POBREZINHA

Nas nossas duas sinas tão contrárias
Um pelo outro somos ignorados:
Sou filha de regiões imaginárias,
Tu pisas mundos firmes já pisados.

Trago no olhar visões extraordinárias
De coisas que abracei de olhos fechados...
Em mim não trago nada, como os párias...
Só tenho os astros, como os deserdados...

E das tuas riquezas e de ti
Nada me deste e eu nada recebi,
Nem o beijo que passa e que consola.

E o meu corpo, minh'alma e coração
Tudo em risos pousei na tua mão!...
... Ah! como é bom um pobre dar esmola!...

ROSEIRA BRAVA

Há nos teus olhos de oiro um tal fulgor
E no teu riso tanta claridade,
Que o lembrar-me de ti é ter saudade
Duma roseira brava toda em flor.

Tuas mãos foram feitas para a dor,
Para os gestos de doçura e piedade;
E os teus beijos de sonho e de ansiedade
São como a alma a arder do próprio Amor!

Nasci envolta em trajes de mendiga;
E, ao dares-me o teu amor de maravilha,
Deste-me o manto de oiro de rainha!

Tua irmã… teu amor… e tua amiga…
E também, toda em flor, a tua filha
Minha roseira brava que é só minha!…

NAVIOS-FANTASMAS

O arabesco fantástico do fumo
Do meu cigarro traça o que disseste,
A azul, no ar, e o que me escreveste,
E tudo o que sonhaste e eu presumo.

Para a minha alma estática e sem rumo,
A lembrança de tudo o que me deste
Passa como o navio que perdeste,
No arabesco fantástico do fumo...

Lá vão! Lá vão! Sem velas e sem mastros,
Têm o brilho rutilante de astros,
Navios-fantasmas, perdem-se a distância!

Vão-me buscar, sem mastros e sem velas,
Noiva-menina, as doidas caravelas,
Ao ignoto País da minha infância...

O MEU SONETO

Em atitudes e em ritmos fleumáticos
Erguendo as mãos em gestos recolhidos,
Todos brocados fúlgidos, hieráticos,
Em ti andam bailando os meus sentidos...

E os meus olhos serenos, enigmáticos
Meninos que na estrada andam perdidos,
Dolorosos, tristíssimos, extáticos,
São letras de poemas nunca lidos...

As magnólias abertas dos meus dedos
São mistérios, são filtros, são enredos
Que pecados de amor trazem de rastros...

E a minha boca, a rútila manhã,
Na Via Láctea, lírica, pagã,
A rir desfolha as pétalas dos astros!...

NIHIL NOVUM

Na penumbra do pórtico encantado
De Bruges, noutras eras, já vivi;
Vi os templos do Egito com Loti;
Lancei flores, na Índia, ao rio sagrado.

No horizonte de bruma opalizado,
Frente ao Bósforo errei, pensando em ti!
O silêncio dos claustros conheci
Pelos poentes de nácar e brocado...

Mordi as rosas bancas de Ispaã
E o gosto a cinza em todas era igual!
Sempre a charneca bárbara e deserta,

Triste, a florir, numa ansiedade vã!
Sempre da vida — o mesmo estranho mal,
E o coração — a mesma chaga aberta!

ESTUDO CRÍTICO*

José Régio**

---

* Publicado em janeiro-fevereiro de 1950.

** José Régio (1901-1969) foi poeta, crítico, dramaturgo, ensaísta português. Trabalhou como editor e diretor da importante revista de poesia *Presença*.

I

Num belo e denso estudo que é, sem réstia de favor, o que de mais fundo se escreveu até hoje sobre Florbela Espanca,[1] procura explicar Jorge de Sena o silêncio da crítica perante as primeiras manifestações da grande poetisa. Também o silêncio da crítica "presencista" é aí explicado; e certamente não sem engenho. Mas o que me parece é que os primeiros presencistas ignoravam Florbela Espanca. Só depois a sua obra se divulgou. Por mim, com vergonha e pesar, confesso que só mais tarde a conheci. A tê-la conhecido mais cedo, creio que me não teria passado despercebido o que logo se impõe a quem leia os versos de Florbela: a sua poesia é dos nossos mais flagrantes exemplos de poesia *viva*. Quero dizer que toda ela nasce, vibra e se alimenta do seu muito real caso humano; do seu porventura demasiado real caso humano. Ora o primeiro artigo do primeiro número da revista *Presença*

---

1 Jorge de Sena, *Florbela Espanca ou a Expressão do Feminino na Poesia Portuguesa* (Biblioteca Fenianos), conferência lida na sessão de homenagem do Clube Fenianos Portuenses em 28 de janeiro de 1946.

intitulava-se "Literatura Viva". De "Literatura Livresca e Literatura Viva", se rotulava uma espécie de número-manifesto da mesma revista. Isto é: por muito desconhecidos ou deformados que por aí andem tais propósitos da *Presença*, desde logo se propôs ela combater o que chamava *literatura livresca* em nome do que chamava *literatura viva*; desde logo sustentou que toda a obra de criação vive mas é da íntima vida do criador, e de nenhum modo basta o mero talento formal a impô-la. "*Literatura Viva*", escrevia em 1927, nesse primeiro artigo da revista *Presença*, o autor destas linhas de hoje, "*literatura viva é aquela em que o artista insuflou a sua própria vida, e por isso mesmo passa a viver de vida própria. Sendo esse artista um homem superior pela sensibilidade, pela inteligência e pela imaginação, a literatura viva que ele produza será superior; inacessível, portanto, às condições do tempo e do espaço*". Ora não é verdade que perfeitamente se ajusta o essencial destes dizeres à obra de Florbela?

Eis o que desde o início pretendo frisar: a obra de Florbela é a expressão poética de um caso humano. Decerto para infelicidade da sua vida terrena, mas glória do seu nome e glória da poesia portuguesa. Florbela viveu a fundo esses estados quer de depressão, quer de exaltação, quer de concentração em si mesma, quer de dispersão em tudo, que na sua poesia atingem tão vibrante expressão. Mulheres com talento vocabular e métrico para talharem um soneto como quem talha um vestido; ou bordarem imagens como quem borda a missanga; ou (o que é ainda menos agradável) se dilatarem em ondas de verbalismo como quem se espreguiça por nada ter que fazer, que dizer — naturalmente as houve, e há, antes e depois da vida de Florbela. Até já por

aí vai a gente vendo qualificados de extraordinários casos poéticos —
meros casos de psitacismo literário. Também, decerto, apareceram na
nossa poesia autênticas poetisas, antes e depois de Florbela. Nenhuma, porém, até hoje, viveu tão a sério um caso tão excepcional, e, ao
mesmo tempo, tão significativamente humano. Jorge de Sena dirá: tão
expressivamente feminino. Mas, sem contrariar essa valiosa intuição
que preside ao seu estudo — a representativa e, por isso, excepcional
feminilidade de Florbela —, tentarei esboçar adiante como este caso
me parece chegar a transcender qualquer distinção de sexos.

Porém o que estou afirmando, como ou por que o afirmo? Que
dados tenho para assegurar que Florbela viveu o que escreveu? Não
conheci Florbela. Bem pouco sei da sua vida. Confesso, até, não me
haver interessado de maior grande parte da sua correspondência publicada. Ora a estranheza do fenômeno está em que, precisamente, as
vivências de um artista são induzidas da convincente expressão literária
que lhes ele dá. Por outras palavras, e exemplificando com Florbela: da
originalidade, da força, do comunicativo e fundo tom que deu Florbela a tantas das suas expansões e confissões (originalidade, força e tom
que só grosseira e exteriormente podem ser imitados), vem ao leitor a
íntima convicção de haver ela vivido o que diz, sentido o que exprime.
Convencido do que já parte o leitor de tal certeza — a existência de um
real caso humano — para explicar e até interpretar a expressão literária
que lhe é dada. Uma sorte de jogo de vaivém se desenvolve assim entre
a sinceridade artística e, digamos, a sinceridade humana de uma criação... ou do seu criador. Nem outro fundamento há para afirmarmos,
por exemplo, a sinceridade de Cristóvão Falcão ou Camões, cujas biografias e psicologias nos permanecem, ainda, tão ignoradas.

Qual, então, o caso de Florbela, se nos persuade a sua poesia de ter ela vivido o que exprime?

II

Fantasia (ou não sei se fantasia) um dos seus biógrafos,[2] que, tendo acabado de dar à luz, a mãe de Florbela perguntara:

— ... menino?...

— Não, menina! É uma flor!

Sim, antes de mais, Florbela nasceu mulher. Também alguma coisa se irá dizendo a tal respeito. Não é impunemente que um ser excepcional nasce mulher. Mas, depois de ter nascido mulher, e mulher excepcional, Florbela nasceu artista; nasceu esteta. No sentido um pouco restrito aqui dado ao termo, eis o que não é vulgar mesmo nas mulheres que escrevem. No geral, é antes pela força do sentimento, mais que pela faculdade de esteticamente o exprimir, que se impõem as criações literárias das mulheres. Ora sem dúvida, possuiu Florbela o dom, que caracteriza o artista literário, de manejar as palavras de modo a fazê-las render o máximo de sugestão, de insinuação, de expressão, de relevo. Os jogos vocabulares e paralelísticos tão queridos dos poetas portugueses:

Saudades de saudades que não tenho...
Sonhos que são os sonhos dos que eu tive...

---

2 Carlos Sombrio, *Florbela Espanca*. Lisboa: Edições Homo, 1948.

os aparentes desleixos ou improvisos que são verdadeiros tesouros
de sugestão:

> *E, à tua espera, enquanto o mundo dorme,*
> *Ficaria, olhos quietos, a cismar...*
> *Esfinge olhando, na planície enorme...*

ou:

> *Vou sendo agora em ti a sombra leve*
> *De alguém que dobra a curva duma estrada...*

as cristalizações e formas lapidares que atingem o definitivo:

> *— São os teus braços dentro dos meus braços,*
> *Via Láctea fechando o Infinito.*

as audaciosas invenções que elevam a expressão ao paroxismo:

> *Ah! podem voar mundos, morrer astros,*
> *Que tu és como Deus: Princípio e Fim!*

ou:

> *E à volta, Amor… tornemos, nas alfombras*
> *Dos caminhos selvagens e escuros,*
> *Num astro só as nossas duas sombras…*

os supremos versos como *vibrados*, nus, que dão a impressão de *não terem podido ser senão assim*:

> *— Eu fui na vida a irmã de um só Irmão,*
> *E já não sou a irmã de ninguém mais!*

ou:

> *Dou-te o meu corpo prometido à morte!*

ou:

> *Olho assombrada as minhas mãos vazias…*

— isto e todos os mais recursos ou achados a que uma sensibilidade de artista reconhecerá qualidade estética (não desprezando certos caprichos de gosto, e até vulgaridades brilhantes, por também comprovativos embora menos felizes) fazem da obra de Florbela uma obra de arte única na poesia feminina portuguesa. De modo nenhum quer isto dizer que seja uma obra perfeita. Não faltam, nesta cultora do soneto, as palavras, os versos, os grupos de versos, só para rimar ou para encher; o que significa não lhe faltar aquela condescendência — alheia aos artistas mais exigentes — que, no deslumbramento dos versos inspirados e supremos, negligentemente aceita quaisquer vizinhos pobres. Já tal condescendência me parece mais feminina. Todavia, também na obra de Florbela há não só esses versos inspirados e supremos que revelam a genialidade de um poeta (pois decerto foi ela genial em vários momentos, ou, melhor, em vários momentos alcançou explicitar uma genialidade implícita em toda a sua obra), mas ainda sonetos perfeitos que bem creio ficarão a par dos melhores da nossa língua. Neste sentido, que distância entre o *Livro de mágoas* e a *Charneca em flor*! Apagadas quaisquer reminiscências de Antero e, sobretudo, Anto; excedidos pela realidade os seus pressentimentos de infortúnio e as suas perplexidades juvenis; atingidos uma experiência da vida e um aprofundamento de si mesma que lhe dão plena consciência tanto dos seus bens próprios, aliás tão perigosos, como do seu mal irremediável — em vários sonetos da *Charneca em flor* sobe Florbela àquela expressão que, por supremamente pessoal, se volve em coletiva. Não é esta uma das magias da grande Arte?

III

Mas voltemos atrás: ao tempo em que Florbela nascia, e nascia Mulher. Donde vinha, vindo a este mundo? Mais tarde se revelará na sua poesia, como uma verdadeira intuição obsessiva e não o capricho literário que também é, o pós-sentimento de ter vivido em outros mundos, em outras vidas, em outros países: de ter sido não só quaisquer das figuras romanescas sonhadas pela fantasia dos poetas ou vitralizadas pela história e a lenda — princesa, infanta, monja — mas ainda árvore, flor, pedra, terra; senão nuvem, som, luz…

Já neste misto de capricho literário e intuição profunda (mas vão lá saber onde, num artista, principia ou acaba uma coisa ou outra!), de certo modo aponta o narcisismo de Florbela. Em vários passos ou aspectos da sua obra se afirma iniludivelmente esse narcisismo. Ora eu não sei se o narcisismo, que pode andar afiado ao donjuanismo, é tendência caracterizadamente feminina. Suspeito que antes caracterize uma espécie de hermafroditismo psicológico — e assim se explicaria o não ser muito raro entre artistas. Narcisismo, donjuanismo, hermafroditismo psicológico, eis pesados termos, por de mais pesados, para, com eles, denunciar certas inclinações da poesia de Florbela. Não obsta que sejam muito reais tais inclinações. Porém, já no narcisismo de Florbela, há uma garridice que nos impressiona por muito feminina: também, às vezes, ela se não encanta consigo mesma senão para atrair o amado; ou como para valorizar aos olhos dele a sua dádiva de si. Por certo, ainda não é este senão um primeiro grau da sua feminilidade. Também na sua voluptuosidade por vezes tão veementemente expressa (ia a dizer: tão *gritada*), nada vejo ainda de propriamente excepcional. A diferença, aqui, é só de grau. E dos elementos de insaciabilidade que aí se manifestam, e que são, estes, característicos do caso de Florbela como sinais, embora demasiado humanos, da sua fome de Absoluto,

> *Estonteante fome, áspera e cruel,*
> *Que nada existe que a mitigue e a farte!*

já falarei adiante. Onde a feminilidade de Florbela se revela profunda — é antes no seu complexo ora de fraternidade, ora, sobretudo, de maternidade, e não só para com o amado-amante, como para com tudo quanto ame. E, em suma, na identificação do amado-amante com o Sol, e na de si própria com a Terra que o Sol fecunda. A terra; a charneca em flor; as árvores, que são filhas da terra e se desentranham em frutos; os lagos, que se abrem ao sol e se fecham de terra por todos os lados — tudo não são coisas com que Florbela se identifica por supremamente Mulher?, símbolos femininos com que se torna ela própria simbolizante?

IV

Porém, esta Mulher parece haver nascido com duas incuráveis feridas: uma, a sua insaciabilidade; outra..., da outra, falarei depois.

Impossível lermos Florbela Espanca sem reconhecermos uma sua inquietação, uma sua insatisfação, que se vão manifestando como irremediáveis. Foi ao que chamei a sua insaciabilidade. A princípio, ou de longe em longe através de toda a sua obra, decerto ainda alvorecem os sonhos e as expectativas, ou chispam as rubras horas de sensualidade feliz, ou resplandecem momentâneos oásis de orgulhosa plenitude. Muito poderosos (ou muito violentos) são os instintos pagãos de Florbela. Ainda bem que se não temeu ela de os cantar em versos de admirável intensidade! No fim e ao cabo, porém, todos esses ímpetos e satisfações não duram senão o instante que lhes coube. O que lhe a ela cabe, como coisa própria sua, é a insatisfação; a insaciabilidade; a ansiedade. Em que medida foi de raiz fisiológica tal insatisfação, não importa por agora; ou para aqui. O vulgo por um lado, os médicos por outro, lhe dão, às vezes, nomes que nada explicam. Mas já veremos como se vai ela dilatando, sublimando, até uma ânsia de absoluto que, por certo, excede quaisquer limites de pessoa ou sexo.

Poeta do amor como tantos outros poetas portugueses — mas muito particular poeta do amor —, sobretudo através das suas atitudes amorosas, julgo confirmar-se o que estou aventando. Não comecemos, entanto, por crer que todas o confirmam: como quaisquer raparigas, a singularíssima Florbela esperou o seu *Prince Charmant*. Decerto, algumas vezes o julgaria ter achado. Sonetos de *cega* de amor, também Florbela os escreveu; dos mais vibrantes da nossa língua! E é comovente como o seu orgulho — esplêndido orgulho não só de reação contra a mesquinhez circundante, mas também de consciência do seu excepcional destino — se roja perante o amado:

Ó meu Deus, ó meu dono, ó meu senhor!

Eu, doce e humilde escrava, te saúdo,

ou ascende às culminâncias do sacrifício e da renúncia:

E se mais que eu, um dia, te quiser
Alguém, bendita seja essa Mulher,
Bendito seja o beijo dessa boca!!

Todavia não creio que em tais sonetos se exprima o singular de Florbela. Embora fazendo sonetos de amor até ao fim, e não obstante a feminilidade que já vimos dar tom ao seu narcisismo, lembremo-nos, continuemos a lembrar-nos que Florbela gosta demasiado de si mesma, comprazendo-se em cantar "os leves arabescos" do seu corpo, a sua "pele de âmbar", os seus "olhos garços", sobretudo as suas mãos, que tanto veste de imagens. Pormenor impressionante: o que em si própria mais parece agradar-lhe — as mãos e os olhos — é o que também mais canta no amante-amado. Dir-se-ia que ainda nele se espelha e se procura. E sem dúvida poderemos pensar que, em vários dos seus sonetos considerados de amor, ela é que é o verdadeiro motivo; e o pretenso amado um pretexto. Ora narcisismo e egolatria, não parece que sejam muito favoráveis ao dom de amar. Não é, porém, a mesma Florbela quem, noutros sonetos, nos diz a sua descrença do amor?

Numa personalidade contraditória e rica (pelo menos aparentemente contraditória), e *"sendo a si tão contrário o mesmo amor"*, segundo Camões, decerto seriam compreensíveis tais fluxos e refluxos do sentimento, tal diversidade de atitudes, se novos dados não viessem reforçar a hipótese que estou desenvolvendo: impossibilidade de Florbela achar satisfação no amor. Um é esse mistério do *desencontro* que já impressionou Jorge de Sena. Versos como aqueles — os mais ardentes ou os mais espirituais — que ora realmente são, ora só o parecem, de encontro amoroso, várias outras poetisas os escreveram; embora sem a superioridade literária dos de Florbela. Já de modo nenhum me parecem correntes versos como estes:

> *Tens sido vida fora o meu desejo*
> *E agora, que te falo, que te vejo,*
> *Não sei se te encontrei... se te perdi...*

ou:

> *Deus fez-me atravessar o teu caminho...*
> *— Que contas dás a Deus indo sozinho,*
> *Passando junto a mim, sem me encontrares?*

ou:

> *E eu ando a procurar-te e já te vejo!*
> *E tu já me encontraste e não me vês!...*

O que nestes e em outros versos se exprime é nem mais nem menos a impossibilidade do amor: ou se frustrou o encontro, ou foi um desencontro. Por culpa dele?, dela? Decerto se lamenta ela de que a não encontrem: de ser a enjeitada, a deserdada, a perdida, a pobre que tudo deu e a quem ninguém dá... Mas também ela mesma confessa:

> *Amar-te a vida inteira eu não podia.*

ou:

> *E bem sei, meu Amor, que era preciso*
> *Fazer do amor que parte o claro riso*
> *Doutro amor impossível que há de vir!*

ou:

> *Mas inda um dia, em mim, ébrio de cor,*
> *Há de nascer um roseiral em flor,*
> *Ao sol de Primavera doutra boca!*

Isto é: por muito que ame e reincida (o que implica cegueiras de momento), não a cega a ilusão de um amor único; nem sequer a de um grande amor:

> *Como se um grande amor cá nesta vida*
> *Não fosse o mesmo amor de toda a gente!...*

Inútil citar os sonetos, alguns belíssimos, em que o seu temperamento amoroso se expande. (De passagem se diga que seria erro supor incompatível esse temperamento com certas reações, da mais caprichosa feminilidade, contra os gestos e atos das horas mais rubras:

> *Sou chama e neve branca e misteriosa...*

escreveu Florbela no soneto que, precisamente, denominou "Horas rubras".) Combinando-se com esse temperamento de amorosa, eis o que dão, então, as suas longas decepções e contradições:

> *Eu quero amar, amar perdidamente!*
> *Amar só por amar: Aqui... além...*
> *Mais Este e Aquele, o Outro e toda a gente...*
> *Amar! Amar! E não amar ninguém!*

E na segunda quadra:

> *Quem disser que se pode amar alguém*
> *Durante a vida inteira é porque mente!*

Ou este grito de um soneto incompleto:

> *Eu não sou de ninguém!... Quem me quiser*

e bastará o último terceto para se compreender que quem a quiser há de ser um Deus:

> *Há de ser Outro e Outro num momento!*
> *Força viva, brutal, em movimento,*
> *Astro arrastando catadupas de astros!*

Aliás, bem claramente acaba ela por o dizer:

Um homem? — Quando eu sonho o amor de um deus?

Assim se fecha o ciclo: espera do amante-amado; encontros com os vários amados; sentimento do desencontro; negação do amor único e do grande amor; entrega ao *amar só por amar*, com recusa de pertencer a alguém; total decepção do amor dos homens; apelo para um deus que não virá.

De modo nenhum pretendo eu pôr cronologia nestes passos do calvário amoroso de Florbela. Bem possível é que alguns os tenham vivido simultaneamente. Mas ter-se-á fechado aí o ciclo?, ou poderia fechar-se aí? Permitido será supor que não: nem o Deus que viesse amá-la, sendo *um deus*, lograria satisfazer a sua ansiedade! Por certo o acharia ela demasiado humano; e até com ele se repetiria a tragédia do desencontro. Só Deus uno, absoluto (não *um* deus — mas Deus), poderia saciar aquela alma supremamente inquieta. Certo momento há na sua poesia, em que, repetindo um pensamento célebre, parece Florbela acolher-se a tão alto refúgio:

Quem sabe se este anseio de Eternidade,
A tropeçar na sombra, é a Verdade,
É já a mão de Deus que me acalenta?

Não passa isto de um momento, cuja continuidade lhe exigiria uma forma de gênio que ela não atingiu: o gênio místico das santas que o foram depois de pecadoras. Assim, a sua insatisfação e a sua ansiedade ficaram insanáveis.

V

O outro mal de Florbela foi *ser ela de mais para uma só*. Também, lendo a sua poesia, se nos impõe esta impressão de *não caber ela em si*: de transbordar, digamos, dos limites de uma personalidade.

Doença que o talento ou o gênio podem tornar gloriosa, a mesma doença lavra noutros poetas modernos; caracterizadamente em dois dos maiores: Sá-Carneiro e Fernando Pessoa. Em Mário de Sá--Carneiro, como que se enraíza o gênio poético nessa quase física sensação, que o obsidia, do duplo; e, por vezes, ou do múltiplo, ou do impessoal. Em Fernando Pessoa, o excesso de uma como perversa inteligência escolasticizante, de uma pertinaz voluntariedade estética, de uma frustrada vocação de dramaturgo e novelista, de uma poderosa facilidade verbal que ele se compraz em tornar difícil — tudo magníficos dons que neste poeta constrangem, porém, a verdadeira inspiração genial ou ingenuidade criadora — deram, de mistura com uma doentia tendência para a mistificação sarcástica, a por de mais falada invenção dos heterónimos em que o poeta se multiplicou.

Ambos muito mais espontâneos; muito mais *ingênuos*, ambos, no supremo significado valorativo que pode ter o termo referido a poetas — é com Mário de Sá-Carneiro que melhor se aparenta Florbela nessa *natural* sensação, não de duplicidade, mas de impessoalidade, despersonalização, dispersão... Já vimos como se narciza Florbela sonhando-se ter sido princesa, infanta, castelã, mística dona, soror, lá nos países donde veio. Que, morta, ressurgirá em todas as mulheres beijadas pelo homem que a amou, também ela o diz. E também vimos que lhe não basta haver transmigrado dentro da mera natureza humana, nos limites do reino animal racional: pois não andou por outros reinos da natureza, antes de ser, neste mundo, a Florbela de que falamos — a que *má fada* encantou?[3] Neste próprio mundo, quantas coisas é essa mesma Florbela!

> *E neste sonho eu já nem sei quem sou...*
> *O brando marulhar dum longo beijo*
> *Que não chegou a dar-se e que passou...*
> *Um fogo-fátuo rútilo, talvez...*

diz no soneto "Sonho Vago". Ou, no soneto "Panteísmo":

> *Vejo-me asa no ar, erva no chão,*
> *Oiço-me gota de água a rir, na fonte,*
> *E a curva altiva e dura do Marão*
> *É o meu corpo transformado em monte!*

Ou, no soneto "Blasfêmia":

---

[3] Com razão salienta Jorge de Sena a sua concepção de viver *encantada* (como as princesas dos velhos contos), havendo de ser a Morte quem lhe *quebre o encanto*.

ESTUDO CRÍTICO

> *Sou no teu rosto a luz que o alumia,*
> *Sou a expressão das tuas mãos de raça,*
> *E os beijos que me dás já foram meus!*

Eis, colhidos ao acaso, alguns exemplos em que a sua tendência para se dispersar por tudo, ou reconhecer sob as mais diversas aparências, positivamente ultrapassa o mero capricho literário. Ainda que vestida, aproveitada, como sabe um artista aproveitar e vestir todas as suas realidades, tal inclinação lhe nasce de uma bem real sensação — pelo menos nos momentos agudos — de não poder reduzir-se à forma de um só corpo, à limitação de uma só alma. Ora não será esta uma das afirmações do Espírito — a da sua imensidão?

Eis ao que profundamente visa Florbela, ainda que mal conscientemente: a *afirmar a sua imensidão*. Mas não será um auge dificilmente suportável *ter visto* a sua imensidão dentro de uma prisão estreita?

> *Tantas almas a rir dentro da minha!*

grita ela. E a quem se viu demasiado impreciso, demasiado misterioso, demasiado ansioso, demasiado rico, fluido e exigente para os limites da vida, será de espantar que principie o chão a fugir debaixo dos pés? Não precisava a obra de Florbela de qualquer outra garantia. Como Sá-Carneiro, porém, com a sua morte lhe deu ela uma nova garantia de autenticidade.

> *Terra, quero dormir, dá-me pousada!...*

A terra com que chegara a identificar-se ela própria, e lhe principiara a fugir sob os pés, não teve remédio senão recolhê-la um pouco mais cedo no seu vasto seio.

VI

A que uma vez dissera:

> *E a Noite sou eu própria! A Noite escura!*

também começara por dizer:

> *Sonho que um verso meu tem claridade*
> *Para encher todo o mundo!*

Mais tarde, a legítima e orgulhosa aspiração atinge um verdadeiro auge. Então encontra suprema e complexa expressão no soneto "Mais alto", que, não sendo dos seus mais perfeitos, é espantoso pelo que, de relance, ilumina, à luz de versos fuzilando como relâmpagos de gênio:

> *Mais alto, sim! mais alto, mais além*
> *Do sonho, onde morar a dor da vida,*
> *Até sair de mim! Ser a Perdida,*
> *A que se não encontra................*

> *Mais alto, sim! Mais alto! Onde couber*
> *O mal da vida dentro dos meus braços,*
> *Dos meus divinos braços de Mulher!*

Foi Jorge de Sena quem chamou a atenção para este soneto, ousando dizer o que não creio tivesse Florbela ousado sonhar: que impossível nos é lê-lo sem evocar Aquela que o mundo cristão venera como suprema idealização da Mulher. Não crendo, porém, que conscientemente houvesse Florbela ousado sonhar tal aproximação, bem se poderá crer haver ela irrompido das profundezas do seu subconsciente.

Ora isto, que vulgarmente se chama orgulho, megalomania, delírio (e, chamando-lhe doença, bem podem os amadores de psiquiatria ter a *sua* razão), não é senão outro aspecto do que ao mesmo tempo incapacitou Florbela para a vida do mundo, e a predestinou para a da arte: o sempre querer mais. Começando pelo vulgar sonho do amor de um, ei-la que chega ao *amar por amar*, ao sonho do amor de um Deus, ao amor cósmico... E não é de crer que em qualquer amor tivesse atingido, ou pudesse atingir, descanso. Ela, que logo no *Livro de mágoas* escreve estes versos já extraordinários:

> *Sou talvez a visão que Alguém sonhou,*
> *Alguém que veio ao mundo pra me ver*
> *E que nunca na vida me encontrou!*

negar-se-ia, também, a reconhecer o próprio *Alguém* que fantasia tê-la sonhado. Começando por desejar o seu lugarzinho feliz ao sol deste mundo, ei-la que por tudo se dispersa, passando sempre adiante, a ponto de não caber na vida. Começando, e intervalarmente continuando, por impor a sua pessoa individual como de Alguém, ei-la que ora em abismos de humildade se vê a escrava, a enjeitada, a pobre de Cristo, ora se sobrepaira, em sonhos, até ultrapassar qualquer personalismo,

Até sair de mim!

e vir a ser:

.... *A Intangível!*
Turris Ebúrnea erguida nos espaços,

etc.

Assim sempre quis mais, não podendo contentar-se com nada que tivesse — por isso nada chegou a ter: ninguém chega a ter o com que se não contenta. Florbela não era dos que nascem para ter. "Ter é tardar", disse Fernando Pessoa, erguendo neste verso a bandeira dos pobres por opulência. E Mário de Sá-Carneiro: "Morro à míngua, de excesso". Florbela não tardou, não teve. Morreu à míngua — de excesso. Então, por uma reviravolta do Prisma, tem o que afinal sonhara menina:

Sonho que um verso meu tem claridade
Para encher todo o mundo!

O seu nome é hoje glorioso, e a sua glória não é das que duram o dia em que nascem.

FLORBELA ESPANCA E AS NOÇÕES DE POESIA MODERNA*

Leonardo Gandolfi**

---

* Texto originalmente publicado na revista *Texto poético*, v. 20, n. 41, pp. 38-51, 2024.
** Leonardo Gandolfi (1981) é doutor em Literatura Comparada pela Universidade Federal Fluminense, professor de Literatura Portuguesa no Departamento de Letras da Universidade Federal de São Paulo.

> *só culpados têm o que confessar; poetas, ou poetisas,*
> *"antivates", não confessam, testemunham.*
>
> DANIELLE MAGALHÃES

Florbela Espanca não participou da revista *Orpheu* ou outras ligadas ao que ficou conhecido, mais tarde, como Modernismo português. Por isso, seu nome muitas vezes não está presente em panoramas de literatura modernista. A ausência da poeta de determinada cena, aliada a uma leitura de sua poesia, acaba por fazer com que seu nome também passe ao largo de discussões mais amplas acerca do moderno na poesia portuguesa.

Florbela Espanca está ausente, porque sua poesia estaria na contramão de certa expectativa de moderno. Ao longo do século XX, a crítica historiográfica da poesia portuguesa tendeu a excluir a poesia de Florbela a partir da leitura de algumas características de sua obra tomadas como neorromânticas, tardias, anacrônicas. Entre elas, a prática regular do soneto e certo registro lírico afirmativo do sujeito, registro que não apela, em primeiro plano, para a ironia ou para um questionamento mais acintoso da unidade enunciativa. Como se sabe, um dos paradigmas do moderno está centrado no abalo ou rasura do sujeito, a partir da ideia de crise da representação, tal qual, por exemplo, pode ser vista na fragmentação agônica do sujeito na obra de Sá-Carneiro e, sobretudo, na dinâmica entre heteronímia e fingimento na obra de Pessoa.

Costuma-se ver tal unidade enunciativa da poesia de Florbela como biográfica. Por isso, uma das formas para se inscrever sua obra num panorama da modernidade seria buscar ler nos textos máscaras poéticas. Por exemplo, a proliferação nos poemas de personagens: Soror Saudade, Maria das Quimeras, Princesa Desalento. No fundo, tais alcunhas acabam por ser variações de nomes de uma mesma voz poética que dá a ver uma força elocutória. Para tentar fazer caber a poesia de Florbela Espanca em um paradigma estranho a ela, busca-se dar multiplicidade onde, de fato, vigora um senso de unidade. Ainda que tal unidade não seja necessariamente harmônica. Ainda que tal unidade seja cheia de tensionamentos.

Uma leitura que vai nesta direção é feita por Renata Soares Junqueira no excelente *Florbela Espanca: uma estética da teatralidade*. No encalço dos paradigmas decadentista e simbolista na obra da autora, Junqueira aproxima a prosa de Florbela à prosa de nomes centrais do modernismo português da revista *Orpheu*, a partir do "aparato das máscaras, das poses e dos artifícios retóricos".[1] Assim, "tanto a sua poesia quanto a sua prosa se revestem daquela mesma *teatralidade* que constitui uma das mais importantes características dos movimentos de vanguardas no princípio do século XX".[2] Por isso, os contos de Florbela do livro *O dominó preto* podem se aproximar das novelas de Sá-Carneiro *A grande sombra* e *A confissão de Lúcio*. Da mesma forma, os contos da autora presentes em *As máscaras do destino* podem ser lidos em comparação à novela *A engomadeira* de Almada Negreiros. Ou ainda: o diário da poeta ser lido junto do *Livro do desassossego*, de Fernando Pessoa. Na abordagem de Junqueira,

> As duas obras deixam transparecer a *confissão* como *ficção*, isto é, o uso do gênero confessional como pretexto para devassar uma intimidade que também se revela, afinal, falsa, postiça, retrato que resulta de uma linguagem elaborada com *sofisticação*. Impõe-se-nos então a figura do sujeito confidente que tira a máscara apenas para mostrar-nos que debaixo dela há outra máscara [...].[3]

Tais leituras buscam legitimar a obra de Florbela Espanca a partir de paradigmas da obra de autores modernamente legitimados, num esforço hábil e difícil, pois são justamente tais paradigmas que

---

1 Renata Soares Junqueira, *Florbela Espanca: uma estética da teatralidade*, 2003, p. 18.
2 *Ibidem*, grifo da autora.
3 *Idem*, p. 19, grifos da autora.

acabam por afastar a obra de Florbela Espanca do que se convencionou chamar de estética modernista ou mesmo moderna.

Ao não caber inteiramente em tal paradigma, pelo menos, dois desdobramentos acontecem a essa obra. O primeiro deles tem sido o mais visível. Os textos de Florbela ficam, em grande parte, excluídos das discussões sobre modernismo e modernidade na poesia portuguesa. Já o segundo desdobramento interessa muito, pois ele aponta para se redimensionar e se historicizar as próprias noções de modernismo e modernidade na literatura portuguesa. Porque, ao aparentemente não caber no discurso corrente sobre modernismo e modernidade, a poesia de Florbela acaba por desconcertar a própria ideia de moderno, ou melhor, desconcertar a própria ideia daquilo que historicamente se considera moderno.

Por outro lado, durante a primeira metade do século XX, algumas leituras — que não fizeram grande concessão a tópicos notoriamente modernos, como perda da identidade ou despersonalização — vão na direção de uma mitificação da personalidade literária da autora em que a espetacularização da biografia sequestra a leitura da sua poesia e, em última instância, sequestra a própria ideia de vida, restando espaço para o mito. Muitas dessas leituras funcionam como maneiras de desqualificação da obra de Florbela, além de criarem formas de estereótipos que retiram mobilidade e força dos processos de subjetivação da sua poesia.[4]

---

4 Para uma discussão sobre processos de mitificação e rasura em figurações históricas do feminino como Florbela Espanca e também Mariana Alcoforado, ver dissertação de Francini Rijo de Oliveira Silva, *As figurações do feminino nas Cartas Portuguesas e na poesia de Florbela*, 2020.

Eu gostaria de elencar algumas estratégias de enunciação da poesia de Florbela Espanca de modo a ler o que Anna M. Klobucka — em *O formato mulher: a emergência da autoria feminina na poesia portuguesa* — chama de "sujeito assumidamente sexuado da enunciação poética".[5] Com isto, pretendo ir na direção da presença desse sujeito, valendo-me da assinatura da poeta, e assim lê-la com as marcas de gênero para sondar as implicações das autorias femininas e masculinas no espaço público da escrita literária.

*

Um dos modos de subjetivação na obra da autora seria a demanda por personificações: da alma, do coração ou de partes do corpo como as mãos e os olhos. Podemos ver também metonímias do encontro entre corpos — como beijo e abraço — a ocuparem o lugar de um "eu". Assim, tal enunciação em primeira pessoa pode se instaurar e se afirmar sem necessariamente estar vinculada ao gênero feminino como sujeito do discurso. Trata-se de uma estratégia de presença em uma tradição poética em língua portuguesa que historicamente tem mais lastro da presença feminina como objeto do discurso do que como sujeito, tal qual discutiremos mais à frente. Tais personificações e metonímias dão a ver uma forma do feminino como enunciação, sem a necessidade de o feminino comparecer como desinência de gênero. Um exemplo a partir do poema "Crepúsculo", do *Livro de Soror Saudade* (1923):

---

5 Anna M. Klobucka, *O formato mulher: a emergência da autoria feminina na poesia portuguesa*, 2009, p. 96.

Teus olhos, borboletas de oiro, ardentes
Borboletas de sol, de asas magoadas,
Poisam nos meus, suaves e cansadas,
Como em dois lírios roxos e dolentes...

E os lírios fecham... Meu Amor, não sentes?
Minha boca tem rosas desmaiadas,
E as minhas pobres mãos são maceradas
Como vagas saudades de doentes...

O Silêncio abre as mãos... entorna rosas...
Andam no ar carícias vaporosas
Como pálidas sedas, arrastando...

E a tua boca rubra ao pé da minha
É na suavidade da tardinha
Um coração ardente palpitando...

O poema começa com "Teus olhos" (os do interlocutor), passa pelos olhos da enunciadora, que se desdobram em "Minha boca" e em "pobres mãos" até chegar à boca do interlocutor como "um coração palpitando". O ato erótico-amoroso acontece em sucessivos *closes*, de modo que os sujeitos das orações são as partes do corpo ou o resultado do encontro entre os corpos, como "carícias vaporosas". Vale destacar ainda que o encontro amoroso não transforma o interlocutor (isto é, a quem o poema é endereçado) em apenas objeto do discurso, já que a ele ou às partes do seu corpo — olhar e mãos — são atribuídas ações, em uma perspectiva notadamente dialógica.

Agora, vamos em busca de outra estratégia de enunciação: a de se colocar ao mesmo tempo como sujeito e como objeto do discurso. Em alguns poemas de Espanca, os verbos são conjugados na segunda pessoa do discurso e a marca de gênero feminino aparece como primeira pessoa referida. Aqui segue um trecho do poema "O que tu és", também do *Livro de Soror Saudade*:

> *És Aquela que tudo te entristece*
> *Irrita e amargura, tudo humilha;*
> *Aquela a quem a mágoa chamou de filha;*
> *A que aos homens e a Deus nada merece.*
>
> [...]
>
> *És o ano que não teve Primavera...*
> *Ah! Não seres como as outras raparigas*
> *Ó Princesa Encantada da Quimera!...*

O caso parece ser o de um solilóquio, em que a enunciadora conversa consigo mesma, atribuindo a si uma alcunha, uma identidade.

Seguindo tal direção, nos exemplos a seguir, a voz do poema fala sobre a caracterização de si por outras pessoas. Ou seja, no poema,

Espanca se diz sendo nomeada por outros. Ela se constitui como sujeito e ao mesmo tempo se vê sendo objeto do discurso do outros. Um exemplo é o poema "Horas rubras", do livro já citado: "Sou chama e neve e branca e misteriosa.../ E sou, talvez, na noite voluptuosa,/ Ó meu Poeta, o beijo que procuras!". Do mesmo livro, agora, um trecho do poema "Princesa Desalento": "Minh' alma é a Princesa Desalento,/ Como um Poeta lhe chamou um dia.". A alcunha, identidade dela, é nomeada por outro que, aliás, é um poeta. Nisso, o poema de Espanca encena um processo em que a figuração do feminino se desloca do lugar de objeto do discurso (musa) para o lugar de sujeito do discurso, e vice-versa.

Em outras palavras, a figuração dela como sujeito do discurso de um poema convive com a memória na língua (tradição) de o feminino estar sobretudo circunscrito, histórica e politicamente, ao lugar de objeto mais do que de sujeito. É o que acontece no poema "Conto de fadas", do livro *Charneca em flor* (1929): " — Eu sou Aquela de que tens saudade;/ A Princesa do conto: 'Era uma vez...'". Vale também trazer alguns versos do poema "Vão Orgulho", incluído no volume que postumamente recebeu o título de *Reliquiae* (1931): "Ser Beatriz! Natércia! Irrealidade.../ Mentira... Engano de alma desvairada.../ Onde está desses braços a verdade, / Essa fogueira em cinzas apagada?". No poema, nominalmente são elencadas tradicionais musas da lírica masculina ao lado de palavras como "Irrealidade", "Mentira", "Engano de alma", "cinzas" contrapostas a uma fogueira (o erótico) que foi apagada. Afinal, tais figurações do feminino como objeto do discurso — encenadas e ao mesmo tempo abaladas no poema — são frutos de concepções menos dialógicas de amor,[6] como as do amor idealizado do neoplatonismo, em que o feminino aparece como lugar discursivo que tende ao inalcançável e que está destituído de corpo, portanto, rasurado (no poema de Dante, por exemplo, Beatriz só pode figurar depois que morreu e não possui mais corpo).

A poesia de Florbela Espanca tem muitos outros modos de subjetivação que se intersecionam com esses dois que elenquei anteriormente. Um dos mais evidentes deles acontece em primeira pessoa e é a afirmação, sem disfarce, do desejo feminino. Vejamos o famoso poema "Amar!", também do livro *Charneca em flor*:

> *Eu quero amar, amar perdidamente!*
> *Amar só por amar: Aqui... além...*
> *Mais Este e Aquele, o Outro e toda a gente*
> *Amar! Amar! E não amar ninguém!*
>
> *Recordar? Esquecer? Indiferente!*
> *Prender ou desprender? É mal? É bem?*
> *Quem disser que se pode amar alguém*
> *Durante a vida inteira é porque mente!*

---

[6] A própria encenação como "Princesa" mobiliza um lugar em que historicamente o feminino tende a ser mais objeto e do que sujeito do discurso.

Há uma primavera em cada vida:
É preciso cantá-la assim florida,
Pois se Deus nos deu voz, foi pra cantar!

E se um dia hei de ser pó, cinza e nada
Que seja a minha noite uma alvorada
Que me saiba perder... pra me encontrar...

 É importante marcar que no soneto temos uma primeira pessoa no feminino. E esse "Eu" (a primeira palavra do poema) expressa uma vontade: "amar" (aliás, o título do poema). E tal desejo se mostra reiterado ("quero amar, amar") e qualificado pelo advérbio "perdidamente". Ou seja, o sujeito se apresenta e se constitui a partir dessa ação reiterada e desse advérbio que, ao mesmo tempo, intensifica o verbo e o problematiza. O verbo "amar" mantém seus objetos diretos ("Este e Aquele, o Outro e toda a gente"), mas antes disso há como que uma independência da ação em relação a esses objetos ("Amar só por amar" e não necessariamente amar alguém). É como se tal ocorrência do advérbio "perdidamente" já nos dissesse que amar implica perder esses objetos. Vai-se de pronome em pronome até chegar ao pronome "ninguém". Por isso, "perdidamente" é tanto uma intensificação do verbo quanto a indicação de que esse objeto não é um só. Trata-se de um objeto que se extravia e é constantemente substituído. Tanto que, no último verso da primeira estrofe, podemos novamente ler a reiteração da ação e sua negação: "Amar! Amar! E não amar ninguém!".

Recordar? Esquecer? Indiferente!
Prender ou desprender? É mal? É bem?
Quem disser que se pode amar alguém
Durante a vida inteira é porque mente!

A segunda estrofe do poema faz várias perguntas: "Recordar? Esquecer? Indiferente!/ Prender ou desprender? É mal? É bem?". Perguntas que também trazem polos opostos que se indiferenciam. E no sentido dessa indiferenciação, surgem os versos talvez mais provocativos do poema: "Quem disser que se pode amar alguém/ Durante a vida inteira é porque mente!". Eles não deixam de ser direcionados a nós, leitores. A poesia tem uma longa tradição de idealização do amor. Na literatura portuguesa, isso aparece pelo menos desde a vassalagem amorosa presente nas cantigas de amor, durante a Idade Média. Passa por alguma lírica renascentista e culmina na estética romântica, incluindo seus desdobramentos modernos. Florbela Espanca, com esse poema e sobretudo a partir desses dois versos em especial, se volta contra essa tradição ao dizer que o objeto do amor muda ao longo do tempo. Ao fazer isso, ela põe de lado certa ideia de amor idealizado e sem corpo, e passa a privilegiar uma concepção necessariamente erótica e dialógica que tem o corpo como centro da experiência amorosa.

Há uma primavera em cada vida:
É preciso cantá-la assim florida
Pois se Deus nos deu voz, foi pra cantar!

A terceira estrofe é autorreflexiva, ou seja, metalinguística, na medida em que fala de cantar a primavera, cantar o amor. Afinal, é justo isso o que o poema busca fazer: cantar o amor nesta perspectiva não idealizada. Historicamente, a flor costuma ser utilizada, em poesia, para representar a beleza, a feminilidade e, ao mesmo tempo, a fragilidade do amor. Aqui há o elogio à floração como o momento propício ao amor e, por isso, propício ao canto, isto é, ao poema. Essa relação é interessante na medida em que a voz no poema deseja que os dois coincidam: poema e amor.

> *E se um dia hei de ser pó, cinza e nada*
> *Que seja a minha noite uma alvorada,*
> *Que me saiba perder... pra me encontrar...*

A estrofe final funciona como contraponto imediato a anterior. Se aquela falava da primavera como positividade e nascimento, esta agora fala de "pó", "cinza", "nada" e "noite" como imagens negativas, mas que levariam a uma "alvorada", uma manhã. Nesta estrofe, há também o retorno imediato da primeira pessoa do singular: o "eu" não apareceria assim desde o verso inicial do poema. Aliás, há o retorno também de outra palavra da primeira estofe: "perdidamente" agora surge como "perder". Não nos parece coincidência que essas duas palavras apareçam novamente juntas, como se formassem um par: "eu" e "perder". Tal ação não reaparece com o sentido preponderante de intensificação do amor, como na primeira estrofe, mas sim com o sentido de extravio. Ela é seguida pelo verbo "encontrar": "Que eu saiba me perder... pra me encontrar...". Como se o poema fosse o lugar em que a voz lírica só se encontrasse se perdendo. O que é uma espécie de arte poética.

Por falar da relação entre "eu" e "perder", vale trazer um texto em que Joaquim Manuel Magalhães aborda a vontade de interioridade e de individuação na poesia de Florbela, mas tal individuação, para ele, seria atípica, quando comparada a certa tradição neorromântica:

> [...] todo o sofrimento interior ou toda a alegria interior, toda interioridade está nas coisas e esta totalidade que está nas coisas é insistentemente, sobretudo no *Livro de mágoas*, nada. O cerne é ser nada. Afirma-o explicitamente. Esta é sua radicalização. Este nada que é o sobre-si, é este além de si dos sentimentos que nos chegam, que nos captam e que nos prendem.
>
> Penso que este autoesmagamento que ela confessa: sou nada, sou morta, este autoesmagamento é a pura afirmação, a radical afirmação de uma interioridade, fala de um esmagamento que vem de fora, e que é o esmagamento... Não vou dizer de mulher, vou dizer: de todos os que não obedecem à forma simbólica do poder.[7]

Já Anna M. Klobucka afirma que a obra de Florbela Espanca se coloca no espaço do inexprimido: "isto é, além de não identificar nenhum lugar para si no sistema da doxa, tão pouco se consegue

---

[7] Joaquim Manuel Magalhães, "Demasiado poucas palavras sobre Florbela" in: *Rima pobre: poesia portuguesa de agora*, 1999, pp. 28-29.

assimilar ao espaço garantido por esse ao paradoxal [...]".⁸ E então Klobucka convoca Barthes: "entendo por *subversão sutil* aquela que não se interessa diretamente pela destruição, esquiva o paradigma e procura um outro termo: um terceiro termo, que não seja, contudo, um termo de síntese, mas um termo excêntrico, inaudito".⁹

A partir das citações de Magalhães e de Klobucka, eu gostaria de evidenciar um lugar fora da doxa, e que não chega a se constituir como contradoxa ou paradoxo, mas sim como nada: "O cerne é ser nada." Geralmente, índices de negatividade na poesia de Florbela costumam ser identificados como neorromânticos ou tardios em relação a estéticas modernistas. Em um breve percurso por poemas do *Livro de Soror Saudade* e de *Charneca em flor*, encontro inúmeras referências ao "nada". Aqui, algumas delas: "Sinto que valho mais, mais pobrezinha,/ Que também é orgulho ser sozinha,/ E também é nobreza não ter nada"; "Tanto tenho aprendido e não sei nada./ [...] / Se eu sempre fui assim este Mar Morto,/ Mar sem marés, sem vagas e sem porto/ Onde velas de sonhos se rasgaram!"; "Na vida nada tenho e nada sou;/ Eu ando a mendigar pelas estradas.../ No silêncio das noites estreladas/ Caminho sem saber para onde vou!".

E tal "nada" se converte logo em invisibilidade de si a partir da já mencionada encenação de sua presença como objeto do discurso do outro: "E eu ando a procurar-te e já te vejo!/ E tu já me encontraste e não me vês!..."; "Estou junto de ti e não me vês...".

---

8 Anna M. Klobucka, *op. cit.*, p. 136.
9 *Idem*, p. 137.

Trago todas essas citações, as da crítica e as dos poemas, para dar a ver que, embora a poesia de Florbela Espanca diga "eu" de várias maneiras, é difícil para ela dizer "eu". Com a histórica falta de acesso das mulheres a diversos espaços públicos, entres eles, o espaço público da escrita e da publicação, o feminino foi restringido a ser, simbolicamente, objeto de um discurso hegemônico masculino. Por isso, as figurações mais habituais das mulheres na literatura são como personagens de textos de autoria masculina. Florbela Espanca está entre as principais vozes da literatura portuguesa, do início do século XX, a serem responsáveis por uma autodefinição do feminino, isto é, fazer com que a mulher seja sujeito do discurso e não somente objeto. Assim, não veremos em Florbela uma poética do fingimento e um desejo de despersonalização conforme podemos ver em Fernando Pessoa. Ao contrário, há um investimento enorme dos poemas da autora na primeira pessoa do discurso na direção da autodefinição, mas a razão pela qual ela faz isso difere do autocentramento confessional de uma poesia romântica, cuja autoria é sobretudo masculina.

Florbela Espanca compõe e publica seus poemas sobretudo na década de 1920, em Portugal. E sabemos o quão difícil é inscrever, na cultura, esse "eu" cujo poder é o de se afirmar e de se autodefinir, ocupando um lugar público e lírico que é novo. Como escrever em uma tradição cujo lastro de figuração feminina se dá, quase que exclusivamente, como objeto ou como discurso rasurado ou invisibilizado? Tamanho esforço custa um preço alto. E espetacularizar biografismos para ler os poemas de Florbela constitui uma violência a mais, entre as tantas violências que a poeta sofreu.

*

A poesia de Florbela estabelece um novo paradigma na poesia portuguesa. Nesse sentido, há um verso do livro *Charneca em flor* que é bem simples, e que em sua simplicidade tem uma força desconcertante:

Porque Eu sou Eu e porque Eu sou Alguém!

Devido ao histórico lugar de privilégio e de poder dos homens, as mulheres sofreram uma interdição e daí vem uma dificuldade de ocupar e circular em espaços públicos, entre eles, o de autorias de livros. Tanto que a maior presença de mulheres na literatura portuguesa anterior ao século XX se dá em gêneros íntimos como a carta e o diário. Aliás, é por conta dessa clausura que se tende a ler a produção literária de mulheres pela ótica do íntimo. As religiosas, de certa forma, constituem exceção — como é o caso da poeta Soror Violante do Céu no século XVII e outras mais —, já que tinham acesso à formação intelectual e muitas vezes dispunham de mais liberdade quando comparadas às mulheres não religiosas, ainda que continuassem subjugadas não à casa ou à estrutura familiar, mas à igreja.

A partir do início do século XX, com a emergência da autoria feminina, se intensificam processos líricos de subjetivação no panorama moderno de língua portuguesa. Vale afirmar que Florbela Espanca está longe de ser a primeira poeta do século XX a trazer tais questões à cena da poesia. Outras tantas escreviam soneto e tematizavam o amor, inclusive em sua deriva erótica. Mas os poemas de Espanca mobilizam tais processos líricos de subjetivação com tamanha intensidade, além de constância. O que coloca a obra da autora em um lugar de destaque. Vimos tal intensidade na leitura do poema "Amar!". O retrato que temos desse sentimento é um retrato que traz diferenças em relação à noção lírica hegemônica de amor. Não se trata da tópica do amor não correspondido, mas sim do amor como forma de se perder e perder o outro. Perdem-se os amados (no plural) diversas vezes, mas sempre tendo em vista os encontros concretos com eles: "Amar só por amar: Aqui... além... / Mais Este e Aquele, o Outro e toda a gente...". A ferida de amor se dá não porque seja impossível encontrar o corpo do outro, mas sim porque tal encontro está submetido ao desejo e a uma concepção de amor erótico.

Nesse sentido, vale voltarmos agora ao lugar de Florbela Espanca nas leituras que se fazem do modernismo português ou do moderno na poesia portuguesa. Fernando Pessoa, por exemplo, escreve a partir de um lugar social masculino, isto é, ele tem direito a formas de subjetividades que, em termos históricos e simbólicos, já estão asseguradas para ele, como autor, no espaço público da literatura. Assim o poeta pôde fazer determinado uso delas, criticá-las, subtraí-las, rasurá-las. Já Florbela Espanca, como autora, não tem assegurado acesso ao espaço público literário, e por isso precisa trazer para superfície um registro em poesia que tem o feminino como sujeito do discurso. Florbela não quer rasurar subjetividades, até porque ela não as tem garantidas, como Pessoa as tinha. Florbela quer construir e partilhar subjetividades no feminino.

Sua poesia representa a possibilidade de uma nova episteme poética no século xx. Essa é sua modernidade. Ainda que diversas poetas posteriores possam ter ido em direções diferentes à dela (e houve muitas direções), essas poetas seguiram em frente a partir das balizas que a poesia de Florbela ajudou a estabelecer.

O que dizer do verso "Eu quero amar, amar perdidamente!" — décadas depois — metamorfoseado em "Eu quero foder, foder/ achadamente"? Como nos lembra Florbela: "Que eu saiba me perder... pra me encontrar". E se houver dúvida quanto ao caráter empenhado da mobilização do íntimo que a poeta Adília Lopes faz de Florbela, ela completa: "se esta revolução/ não me deixa/ foder até morrer/ é porque/ não é revolução/ nenhuma/ a revolução/ não se faz/ nas praças/ nem nos palácios/ (essa é a revolução/ dos fariseus)/ a revolução/ faz-se na casa de banho/ de casa/ da escola/ do trabalho".[10]

Encerro citando novamente Joaquim Manuel Magalhães. O trecho é longo, mas não conheço outro que dê a ver tão bem, a partir da poesia de Florbela Espanca, os caminhos inextrincáveis entre lírica e política. Para ele, a autora

> representa um combate, representa o combate por hoje nos encontrarmos calmamente, quase como quem toma chá, a falar destas coisas. Porque ela não pôde tomar

---

10 Adília Lopes, *Dobra: poesia reunida 1983-2021*, 2021, p. 374. Para acompanhar uma discussão a partir de diversas apropriações da poesia de Florbela Espanca pela poesia portuguesa contemporânea, ver dissertação de Hellen Oliveira de Menezes, *Florbela Lopes Leal: por um encontro entre Florbela Espanca, Adília Lopes e Filipa Leal*, 2022.

chá com estas coisas, teve que tomar alguns venenos, como todos sabemos. Alguns metafóricos, outros reais. Porque ela combateu uma das coisas mais tenebrosas que se podia combater no tempo em que escrevia. Era mais tenebroso, era mais difícil ou, se me deixarem pôr as coisas ao contrário, era menos difícil a Carlos de Oliveira, a Manuel da Fonseca [autores neorrealistas], combaterem o Estado Novo, era menos difícil a Fernando Pessoa combater a república, do que era difícil a Florbela combater o patriarcado. Combater esse poder simbólico, que não é um poder, que é um símbolo que organiza e desorganiza. Talvez seja aqui que se encontra o ponto cimeiro da autoexpressão, talvez seja aqui que possamos dizer poderoso de um sentimento, ao sentimento que está nos sonetos de Florbela.[11]

REFERÊNCIAS BIBLIOGRÁFICAS

JUNQUEIRA, Renata Soares. *Florbela Espanca: uma estética da teatralidade*. São Paulo: Editora Unesp, 2003.

KLOBUCKA, Anna M. *O formato mulher: emergência da autoria feminina na poesia portuguesa*. Coimbra: Angelus Novus, 2009.

LOPES, Adília. *Dobra: poesia reunida 1983-2021*. Lisboa: Assírio & Alvim, 2021.

MAGALHÃES, Danielle. "Ler, no corte, o que está prestes a nascer: 'Chicas en tiempos suspendidos' de Tamara Kamenszain".

---

11 Joaquim Manuel Magalhães, *op. cit.*, p. 30.

eLyra: Revista da Rede Internacional Lyracompoetics, n. 18, pp. 285-305, 2022.

MAGALHÃES, Joaquim Manuel. "Demasiado poucas palavras sobre Florbela". In: *Rima pobre: poesia portuguesa de agora*. Lisboa: Editorial Presença, 1999.

MENEZES, Hellen Oliveira de. *Florbela Lopes Leal: por um encontro entre Florbela Espanca, Adília Lopes e Filipa Leal*. Dissertação (Mestrado em Letras). Guarulhos: Universidade Federal de São Paulo. Escola de Filosofia, Letras e Humanas, 2022.

SILVA, Francini Rijo de Oliveira. *As figurações do feminino nas Cartas Portuguesas e na poesia de Florbela*. Dissertação (Mestrado em Letras). Guarulhos: Universidade Federal de São Paulo. Escola de Filosofia, Letras e Humanas, 2020.

Este livro foi composto na tipografia Palatino LT Std,
em corpo 11/16, e impresso em
papel off-white no Sistema Cameron da
Divisão Gráfica da Distribuidora Record.